于右任詩詞曲全集

霍松林題

于右任诗词曲全集
典藏版

顾　问：霍松林　周　明　钟明善
　　　　张应超　王民权　张佐鹏
　　　　赖灿贤　高　峡　张乐荪
　　　　李　铠　李振中
主　编：于　媛

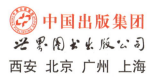

西安　北京　广州　上海

图书在版编目(CIP)数据

于右任诗词曲全集:典藏版/于媛主编. —西安:世界图书出版西安有限公司,2014.10(2024.9重印)
ISBN 978-7-5100-8502-4

Ⅰ.①于… Ⅱ.①于… Ⅲ.①诗词—作品集—中国—当代 Ⅳ.①I227

中国版本图书馆 CIP 数据核字(2014)第 224128 号

于右任诗词曲全集:典藏版

主　　编	于　媛
责任编辑	雷　丹
封面设计	新纪元文化传播

出版发行	世界图书出版西安有限公司
地　　址	西安市北大街 85 号
邮　　编	710003
电　　话	029－87214941　87233647(市场营销部)
	029－87235105(总编室)
传　　真	029－87279676
经　　销	全国各地新华书店
印　　刷	陕西龙山海天艺术印务有限公司
成品尺寸	260mm×185mm　1/16
印　　张	26
字　　数	400 千
版　　次	2014 年 10 月第 1 版　2024 年 9 月第 2 次印刷
书　　号	ISBN 978－7－5100－8502－4
定　　价	88.00 元

☆ 如有印装错误,请寄回本公司更换 ☆

⊙于右任先生（1879—1964）

⊙震旦公学合影。前排坐者为马相伯，左四为于右任

⊙为西北农林科技大学选校址

⊙于右任（左一）在日本留学时与友人合影

⊙ 1935年与九十六岁的恩师马相伯合影

⊙ 与三原旅台同乡会合影

于右任先生墨寶

不信青春喚不回
不容青史盡成灰
低徊海上成功宴
萬里江山酒一杯
興國于今未至艱難
歲月依然作客
故社會是學第一去先

于右任

台北市長安西路廿七號二樓
中華新聞攝影資料社
電話：四六六六八號

⊙于右任先生在台北

⊙于右任先生在家中书房

⊙ 2004年11月30日时任全国人大常委会副委员长、民革中央主席何鲁丽，全国政协副主席、民革常务副主席周铁农，在出席纪念于右任先生著名爱国诗作《望大陆》发表四十周年暨于右任先生书法真迹展开幕式同西安于右任故居纪念馆馆长于媛合影。

余诗从来不愿近于英国休家，虽风雅之事，佛有所寄，世人咸谓余之可惜焉乎人世之不惜此岂徒余诗乎不书之不惜此又岂徒诗乎者要先起风世方为雄就诗论余福诗则一代之作也有为可自非有书新画扇兰主人父余辄出话手写付即英雄耳

于右任先生墨迹（日记片断）

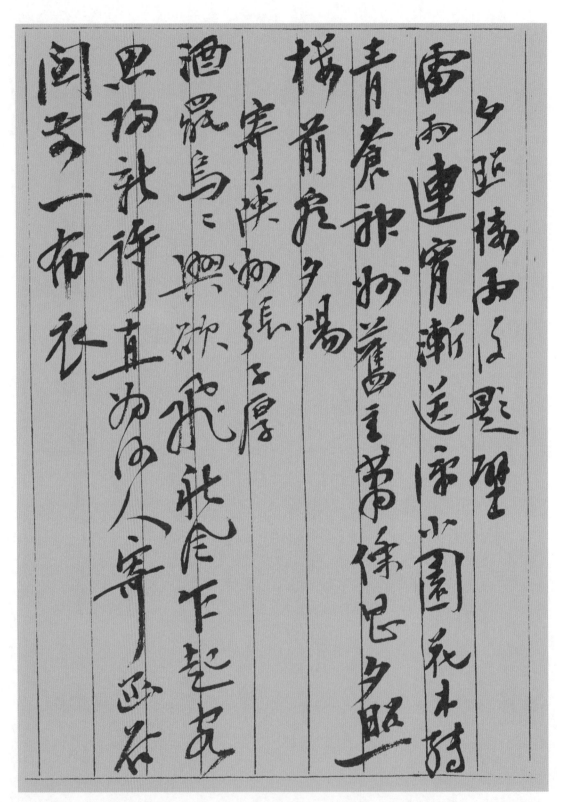

于右任先生墨迹（诗稿）

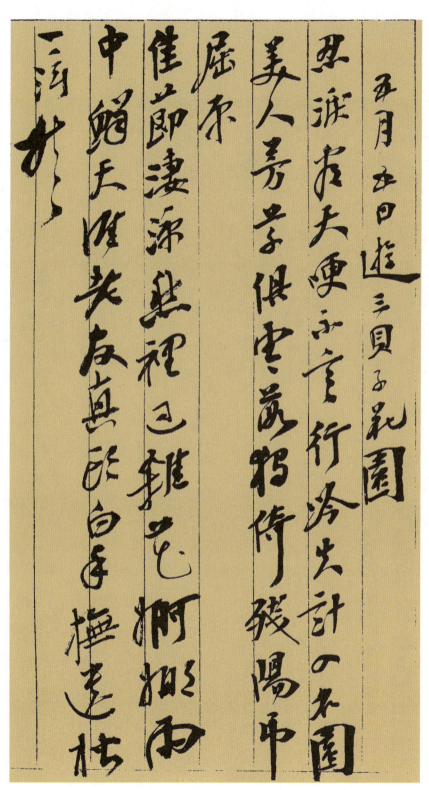

于右任先生墨迹（诗稿）

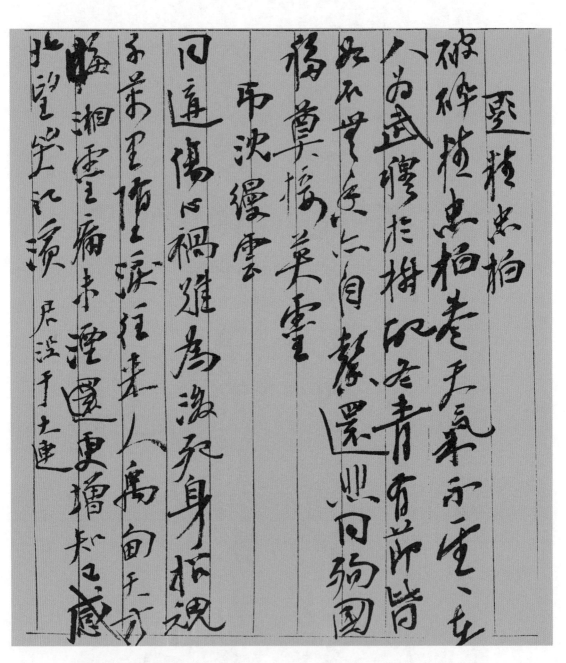

于右任先生墨迹（诗稿）

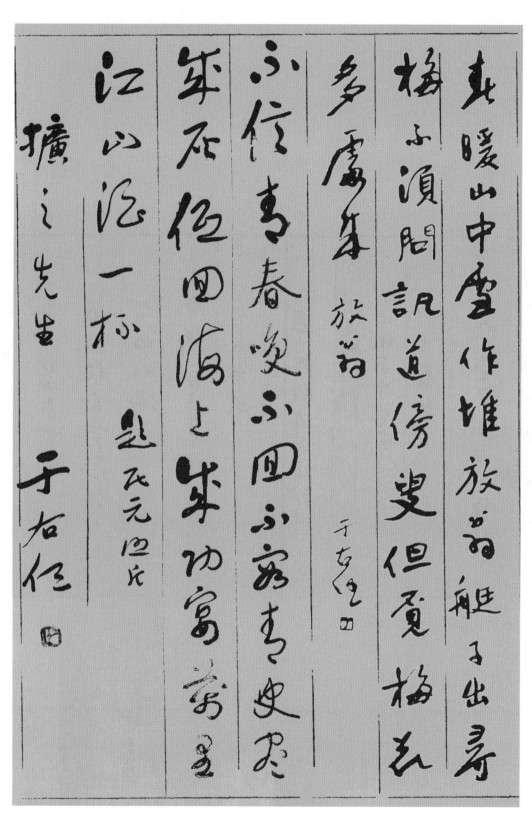

于右任先生墨迹（诗稿）

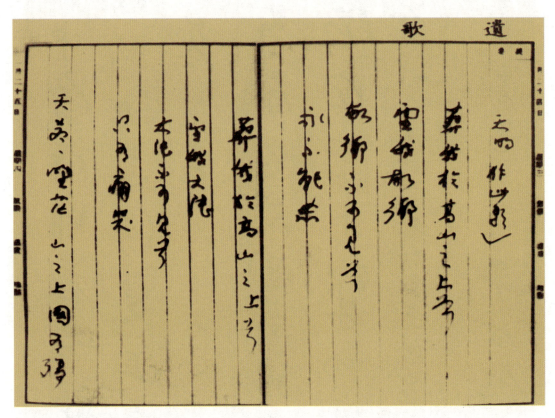

于右任先生诗作《望大陆》

目　录

前　言 / 1
序 / 1

一九〇二年
杂　感 / 2
吊李和甫 / 3
兴平寄王麟生、程抟九、牛引之、王曙楼、朱仲尊诸同学 / 3
失意再游清凉山寺题壁 / 4
署中狗 / 4
从军乐 / 5
赠茹怀西 / 6
和朱佛光先生步施州狂客原韵 / 6
兴平咏古（十首） / 7
汉武帝陵 / 10
吊古战场 / 10
咏　史 / 10

一九〇四年
赴试过虎牢 / 11
孝　陵 / 11

一九〇六年
马　关 / 12

一九〇七年
〔浪淘沙〕黄鹤楼 / 13
和　词（三首） / 13

一九〇八年

〔踏莎行〕送杨笃生 / 15

巩县谒杜工部祠 / 15

洛阳怀古（四首存二） / 15

〔柳梢青〕洛阳吊古 / 16

洛阳道中 / 16

〔眼儿媚〕洛阳道中 / 17

过王觉斯墓 / 17

新安早发 / 17

〔丑奴儿令〕硖石道中 / 18

过张茅 / 18

过渑池秦赵会盟处 / 18

车过灵宝 / 19

函谷题壁补前作 / 19

省亲出关 / 19

一九〇九年

己酉三月二十六日《民呼报》出版示谈善吾 / 20

舟入马关 / 20

新安怀古 / 20

再过灵宝 / 21

〔丑奴儿令〕灵宝道中吊妹仲华 / 21

入 关 / 21

入关省亲 / 22

灞 桥 / 22

月夜宿潼关见孤雁飞鸣而过 / 22

〔浪淘沙〕潼关感赋 / 24

出 关 / 24

葬亲出关至阌乡寄程抟九、南雪亭、周定侯与杨吟海先生、周石笙妹丈 / 24

元宝歌 / 25

偃师遇雪 / 25
汜水道中 / 25
郑州感旧题壁（二首） / 26

一九一〇年
安得猛士兮 / 27
善哉行 / 27
劝资政议员歌（三首） / 28
劝军机大臣歌（三首） / 29

一九一一年
黄花岗歌 / 30
青年节歌 / 30

一九一二年
雨花台 / 31
王无生以顾亭林诗集为赠因书其后 / 31

一九一三年
心孚属赋孙菊仙 / 32
出　京 / 32
义　旗 / 32
同卓亭游箱根飞烟阁 / 33
同渔父作 / 33
过南京诗（四首存二） / 33
再过南京（七首） / 34

一九一四年
题宋墓前曰：呜呼宋教仁先生之墓 / 37
酒后有怀井勿幕、王麟生、程抟九 / 37

出彰仪吊茹怀西 / 37
五月五日游三贝子花园（二首） / 39
夕照楼雨后题壁（书赠高友明） / 39
寄陕州张子厚 / 39
题宪法起草委员会墨迹（四首） / 40
与友人过天安门 / 41
社稷坛"五七"国耻纪念大会 / 41
出　京 / 41
再过南京杂诗（四首） / 44
赠搏沙 / 45
寄新画扇斋主人（三首） / 45
阳鸟一首　步荠麦章韵 / 47
读　史 / 47

一九一五年

吊杨守仁笃生（五首） / 49
为阴西题望墓图（二首） / 50
为一亭画和尚 / 50
题王一亭为余画像（二首） / 51
题精忠柏 / 51
君马黄 / 53
吊沈缦云 / 53

一九一六年

津浦道中 / 54
民立七哀诗（七首） / 54

一九一七年

汴洛道中 / 56
崤函道中（四首） / 56

潼关道中（二首） /57

二华道中（二首） /57

昭陵石马歌 /58

继石马歌而作 /59

赠茹卓亭 /60

吊卢慧卿 /60

过　渭 /60

江舟有感 /60

海上寄怀京友 /61

辛亥以来陕西死难诸烈士纪念碑辞 /61

一九一八年

归里过汾河 /62

夹马口吊樊灵山宋相臣 /62

吴王渡 /62

禹门渡 /63

宜川道中 /63

夜宿宜川读县志 /63

延长感事诗 /65

延长纪事 /65

延长至延安道中 /65

问道桥山 /66

与王子元谒桥陵遇雨 /66

题张木生君手拓昭陵石马 /66

题于鹤九画 /67

吊井勿幕 /67

一九一九年

家祭后出城有怀勿幕 /68

春　雨　/ 68

一九二〇年

高陵道中　/ 69

郊　行　/ 69

闻乡人语　/ 69

出游唐园　/ 70

唐园和李子逸韵　/ 70

唐园归途子逸索诗　/ 70

《广武将军碑》复出土歌赠李君春堂　/ 71

二月二日与俊夫、祥生、子中、协度、仁天、江澄、孟滨、春堂、子逸诸君游高陵城东三阳寺。寺旧有学校，今废矣　/ 73

为程星五题文文山诗轴　/ 73

和于鹤九《中秋望月》诗步韵　/ 74

张木生君得孟十一娘墓志，后有李敬恒先生书浩然堂诗并序，皆明丽可诵，诗以纪之　/ 74

纪《广武将军碑》　/ 74

落云台至起云台　/ 76

起云台至落云台　/ 76

游袸祠庙　/ 76

药王山除夕杂感（二首）　/ 77

一九二一年

元日拂晓，出游显云台至将军山，山旧有王翦庙，今废矣　/ 78

与关芷洲、李西园同游耀县城东　/ 78

山　居　/ 78

寻　碑　/ 80

游晒药场谒滇军葬阵亡将士处　/ 80

再上晒药场谒滇军阵亡将士处　/ 82

三谒晒药场滇军将士公葬处　/ 82

由耀县归三原途中书所见　/ 82

由耀县入三原境有感　/ 83

不　寐　/ 83

新庄杂诗（三首）　/ 84

题曹印侯小照　/ 85

题靳伯伦小照　/ 85

题耿端人小照　/ 85

题井勿幕小照　/ 85

风　雨　/ 87

中秋夜登城楼　/ 87

民治学校园纪事诗（前十首）　/ 87

民治学校园纪事诗（后十首）　/ 90

移居唐园诗以纪之（二首）　/ 94

猎　/ 96

民治园口号　/ 96

一九二二年

一月十八日淳化道中　/ 97

淳化道雪中追忆唐园之猎，寄李子逸、茹卓亭、田温如、刘绍文、张景秋诸同学　/ 97

方里纪游诗（四首）　/ 98

方里纪游篇　/ 99

吊于鹤九　/ 100

柳家湾访碑，得阿史那元方造像，并拾得旧瓦，上有隶书"离宫"二字　/ 101

柏树山纪游　/ 101

内子高仲林送楞女入京成亲，媵之以诗（四首）　/ 101

淳化西行道中　/ 102

武功城外（二首）　/ 103

岐山城外　/ 103

望五丈原　/ 106

凤翔城外晚眺 / 06

灵台道中 / 106

崇信道中 / 107

竹林寺 / 107

清水早发 / 108

天水道中 / 108

清水道中 / 108

清水县麻鞋歌 / 109

秦　岭 / 110

度陇杂诗（五首） / 111

张家川 / 112

陇头吟（二首） / 112

徽县早发闻耕者叹息声 / 112

阳平关 / 113

略　阳 / 113

略阳滞雨咏权德舆 / 113

白水江 / 114

嘉陵江上看云歌赠子元、省三、陆一 / 114

渝城张家园夕照楼 / 115

题吕天民《偶得诗集》（四首） / 116

《佳期》一章示楚伧 / 117

为楚伧、孟芙新婚作 / 117

读《徐太夫人行状》 / 118

题缶老为畹华画梅 / 118

为秦振夫题其祖水竹画梅 / 119

为孙少元题颜书《争座位帖》后 / 119

十一年夏感赋 / 119

一九二三年

舟出吴淞 / 120

三月十四日与登云、自立诸君，谒黄花岗，遇林子超先生 / 120

咏木棉 / 120

过台湾海峡远望 / 121

与曾孟鸣谒黄花岗七十二烈士之墓 / 121

海上遇风、岐兵败纪念日 / 121

与卓亭、景秋、建侯游西湖，追忆宋渔父、汤蛰仙二先生昔年湖上之约 / 122

静江兄长年四十六，得丈夫子，名曰乃鸽，为诗贺之 / 122

一九二四年

回思旧事增惆怅（二首） / 123

在刘三黄叶楼与太炎诸先生题邹容墓 / 123

读　史（三首） / 124

读唐诗（三首） / 125

读　经 / 126

香港逢刘小云，同游九龙归，小云以诗见赠，因次原韵 / 126

一九二五年

京奉道中读《唐风集》 / 127

与陆一游南京花神庙 / 127

黄河北岸见渔翁立洪流中 / 128

为廉南湖先生题洪宪金印拓片 / 128

一九二六年

黄海杂诗（三首） / 129

舟入黄海作歌 / 130

天明闻船上鸡鸣 / 130

望日本海岸 / 131

舟出东朝鲜湾 / 131

西伯利亚杂诗寄王陆一（六首） / 131

西伯利亚杂诗（二首） / 132

西伯利亚杂诗（又二首） / 133

过贝加尔湖 / 134

西伯利亚道中书所见 / 134

入欧洲后感怀 / 135

车过乌拉山 / 135

东朝鲜湾歌 / 135

舟入大彼得湾 / 136

布蒙共和国立国五年纪念歌 / 137

克里木宫歌 / 138

红场歌 / 139

莫斯科杂诗（四首） / 141

归途过沃木次克 / 143

过奥木次克 / 143

再过贝加尔湖 / 143

贝加尔湖边怀古 / 144

过买卖城 / 144

恰克图至库伦（二首） / 145

至诺颜山下苏珠克图地方访二百一十二古墓（七首） / 145

访古墓夜宿招莫多中宵不寐出门望月有怀（二首） / 147

出库伦 / 147

离库伦饭店后赋 / 148

外蒙道中（二首） / 148

外蒙道中日暮 / 149

留昭苏税关数日拾薪煮饭 / 149

露宿外蒙兵营（二首） / 150

复由外蒙兵营往塞尔乌苏道中 / 150

过塞尔乌苏 / 151

自黑教堂遇险后北行至嘎嘎图遇中国商人（二首） / 151

入乌兰脑包 / 151

临河道中 / 152

黄杨木头十四夜忆内子高仲林　/ 152

露宿二之店沙漠　/ 152

边墙下见雁　/ 153

碛口中秋　/ 153

中秋过贺兰山下　/ 153

出宁夏望贺兰山积雪　/ 154

宁夏南行道中　/ 154

咏宁夏属植物　/ 154

固原道中　/ 155

邠县道中　/ 155

西安城围启后再至药王山　/ 155

一九二七年

闻庐山舆夫叹息声　/ 156

邓尉看桂　/ 156

题李西屏藏《黄克强先生遗札》　/ 156

与张秉三、赵古泥游尚父湖　/ 157

虞山纪游（二首）　/ 157

一九二八年

题经颐渊、廖何香凝、陈树人合作《岁寒三友图》（二首）　/ 158

后湖春游　/ 158

邓尉看桂　/ 159

黄埔战死者的挽歌　/ 159

一九二九年

邓尉看桂归次木渎，与林少和、王启黄、张文生、祁筱峰饮于石家饭店　/ 160

大炮弹壳题词　/ 160

归陕次潼关作　/ 160

北　归　/ 161

斗口村扫墓杂诗（六首） / 161

题白龙山人青云直上图 / 162

归省杨府村房氏外家（五首） / 163

华清池携楞女晚望 / 164

雪后出关作 / 164

题金铁芝集大鹤山人遗墨 / 164

一九三〇年

十九年一月十日夜不寐，读诗集联 / 165

题《百花卷子》赠畹华 / 165

赠林子超先生 / 165

杂　咏（三首） / 166

苏游杂咏（三首） / 167

一九三二年

樗园访陈树人先生，观桂林游后作品即赠 / 168

与陆一、恺钟、柏生、祥麟同游宋王台 / 168

与陆一、恺钟、祥麟同谒黄花岗七十二烈士墓（二首） / 168

与陆一、恺钟、祥麟同游九龙 / 170

为寒琼、月色题所藏《曼殊画册》 / 170

陆幼岗兄设计画图感赋（二首） / 170

题李毅士《长恨歌画意》 / 171

粤秀山前看木棉 / 171

谢英伯约素餐于黄花考古学社，座有寒琼、月色 / 171

樗园夜坐有怀经颐渊 / 173

诣翠亨村（三首） / 173

题高奇峰画 / 174

与子逸饮马牧集 / 174

洛　阳 / 174

与力子、学文、郭玉堂游孟津 / 174

为溥泉先生题何叙甫《入关画册》 / 175
游龙门观造像 / 175
花上之水痕我之汗也 / 175

一九三三年
溥泉先生游秦得山史手跋《争座位帖》嘱题 / 177
题华孝康藏《赵临兰亭》 / 177
题陈树人先生画晋祠周柏 / 177
太白山纪游歌 / 178
题张树侯《书法真诠》后 / 185

一九三四年
题何香凝、王一亭合作山水瀑布画 / 186

一九三五年
挽积铁子王鲁生先生（四首） / 187

一九三七年
中秋薄暮，黄陂道中见伤兵 / 188
长歌复短歌（二首） / 188
余 事 / 189
战场的孤儿（四首） / 189
鹧鸪天（三首） / 190

一九三八年
归里省斗口巷老屋 / 192
一月八日晚臂痛偶成 / 192
重庆南岸黄山道中与力子、学文同行 / 192
荣誉军人歌（二首） / 193
祖国颂（二首） / 194

与子逸、卓亭、伯纯同游李氏园，出浮图关野望，子逸有作，余亦继咏 / 195

〔金缕曲〕乡人来述家山之美 / 195

〔鹧鸪天〕偕庚由自西安往成都机中作 / 196

〔减字木兰花〕武汉回渝机中回望 / 196

〔菩萨蛮〕北战场事者有述，因赋此 / 196

〔捣练子〕衡山兄斋额与石居 / 197

〔中吕·山坡羊〕神圣战争 / 197

〔双调·拨不断〕题《太炎遗像》 / 197

〔南商调·黄莺儿〕示冀野、庚由 / 198

〔中吕·醉高歌〕题朱心佛藏季刚遗墨 / 198

〔双调·殿前欢〕题《全面抗战画史》 / 198

〔黄钟·人月圆〕阴雨连日，此情冀野、庚由知之也 / 199

〔中吕·醉高歌〕题冀野《饮虹乐府》 / 199

〔中吕·四边静〕读冀野、陶塘《秋兴词》，代夫人答之 / 199

〔双调·折桂令〕季鸾弟癸丑十月十一日在北京入狱二十五年纪念 / 200

〔双调·殿前欢〕谒工部草堂 / 200

〔双调·殿前欢〕《太白集》中战争文学特精奇，爱而咏之 / 201

寿张季鸾 / 201

一九三九年

〔双调·拨不断〕祝民国二十八年（二首）/ 202

〔双调·拨不断〕慰屏轩 / 202

〔南吕·金字经〕吊经子渊先生 / 203

〔正宫·塞鸿秋〕温泉望缙云山 / 203

〔中吕·醉高歌〕北温泉山前眺望 / 203

时代政治家怎样为全民族效忠 / 204

〔越调·天净沙〕寄孙总司令蔚如 / 204

一九四〇年

游金堂云顶山遇雨 / 205

尹默与行严竞和寺字韵，又与冀野竞曲，名曰《长打短打》 / 205

生日往北碚道中 / 206

〔浣溪沙〕题章太炎先生赠丁鼎丞兄诗卷 / 206

〔正宫·鹦鹉曲〕慰冀野 / 206

〔正宫·鹦鹉曲〕得函皇父鼎全部拓片 / 207

〔中吕·醉春风〕近闻止酒 / 207

〔仙吕·寄生草〕题冀野《北游草》（三首） / 208

一九四一年

万年歌 / 209

祝少和先生六十寿辰 / 209

吊韦超 / 210

题罗慈威将军《呼江吸海楼诗》（二首） / 210

王新民师长嘱题冯焕章先生《训词手册》 / 211

题岳池陈氏《朴园藏书》（二首） / 211

题《郇斋读书图》 / 212

题《蜀石经》拓片 / 212

诗人节 / 212

汶川纪行诗（七首） / 213

与少和、通一、谷声游工部草堂 / 214

为目寒题张善子《巫峡扬帆图》 / 214

心之生日与心如同往清水溪看梅 / 215

生日心如、心之约往南岸与范崇实、心远、倩芬、鹤守游铜锣峡看养蚕 / 215

生日在南山心如寓中见心孚遗墨，因约行严同题（余识党中诸先辈多为心孚介绍） / 215

国民军五原誓师十五年纪念日，与冯焕章先生在重庆陶园同摄影，纪之以诗 / 216

题旭初为百年画词意尹默书词合册 / 217

敦煌纪事诗（八首） / 217

骑登鸣沙山　/ 219

万佛峡纪行诗（四首）　/ 219

甘州西黑水河岸古坟，占地十余里，土人称为黑水国。掘者发现中原灶具甚多，遗骸胫骨皆长。余捡得大吉砖，并发现草隶数字　/ 220

嘉峪关前长城尽处远望　/ 220

古浪至兰州道中果园甚多，红紫相间，蔚为大观　/ 221

古浪道中赠一涵　/ 222

河西道中　/ 221

兰州城外邓宝珊园中吊其夫人崔锦琴女士及其子女，为题名曰慈爱园　/ 222

西宁逢重九闻三弟作新之丧　/ 222

斗口农场　/ 222

沔县谒武侯墓，墓前双桂枝干挺拔，浓阴及亩，因同卫聚贤、曾子才，王慕曾、张庚由等摄影其下　/ 223

〔减字木兰花〕寿内子仲林六十　/ 223

〔诉衷情〕三十年九月十八日同庚由自渝飞兰州机中　/ 224

〔极相思〕题恕庵《礼佛图》　/ 224

〔菩萨蛮〕题张秉三兄《适园忆旧图》　/ 224

〔越调·天净沙〕酒泉道中　/ 225

〔越调·天净沙〕谒成陵　/ 225

一九四二年

窦岜山纪游诗（二首）　/ 226

一九四三年

寿鹿瑞伯将军六十（四首）　/ 227

青城纪事诗（四首）　/ 228

赠渭南严氏贲园刻字工人陆级三（二首）　/ 229

见延涛《山洞小园诗》十首喜而作答　/ 229

韬园修禊，分韵得青字，寄贾煜如先生　/ 230

题《赵古泥印存》（二首）　/ 230

寿丁鼎丞先生七十　/230

一九四四年

夜读《豳风诗》　/231

题大渡河翼王亭石室　/231

〔齐天乐〕勉青年军人　/231

〔暗香〕野人山下一战士　/232

〔浣溪沙〕小　园　/232

〔浣溪沙〕往　事　/232

〔满江红〕十二月九日夜四时不寐，用白石之调，写武穆之心，遂成此词　/233

〔百字令〕题《标准草书》　/233

〔破阵子〕祝《中华乐府》　/233

〔鹧鸪天〕题楚伧夫人吴孟芙女士《忆亲图》　/235

〔乌夜啼〕南岸观梅住康心如别墅，夜谈新闻事业　/235

〔黄钟·人月圆〕梦中有作　/236

〔黄钟·人月圆〕梦王陆一　/236

一九四五年

书道乐无边　/237

三十四年生日（二首）　/237

〔清平乐〕心远家中有余与内子仲林十年前在北平丁香树下摄影，适外孙北大与汶梅君女士结婚，写之以祝　/239

〔中吕·醉高歌〕旭初、尹默为心远、絮因写双燕堂曲册，因题　/239

〔越调·天净沙〕题雯卿女士前线归来手册　/239

〔中吕·醉高歌〕追忆陕西靖国军及围城之役诸事，凄然有作（十首）　/240

〔中吕·醉高歌〕闻日本乞降，作付中华乐府（十首）　/242

题于上清寺双燕堂　/244

一九四六年

〔减字木兰花〕题沈联璧家传《御墨图》　/245

〔浣溪沙〕哈密西行机中作 / 245

〔人月圆〕迪化至阿克苏机中作 / 245

望博克达山不能上也 / 246

〔江城子〕阿克苏至喀什机中作 / 246

〔浣溪沙〕塔里木戈壁机中忆阿克苏、温宿之游 / 246

与文白、敬斋、冀野、新令、觉民、文彦、麦思武德、包尔汉、阿合买提江诸公庙儿沟野餐（二首） / 247

庙儿沟出游 / 247

早晴新大楼上远望 / 247

天山杂诗（四首） / 248

与文白、敬斋、觉民、文彦诸公再至庙儿沟 / 249

三十五年八月十二日，夜宿天池上灵山道院，不寐有作 / 249

天池旁有道士庙，余为题曰灵山寺。住寺中三日，作书甚多 / 249

来往哈密始成一诗 / 250

疏附县谒香娘娘墓 / 250

〔大石调·青杏子〕迪化和平大会后作 / 250

〔采桑子〕九月一日迪化东归机中，时天山初降雪 / 251

〔浪淘沙〕哈密东归皋兰，因乌沙岭大雨，机转甘州 / 251

〔浣溪沙〕兰州东行机中作 / 251

〔南乡子〕兰州东行机中作 / 252

〔减字木兰花〕西安至南京机中作 / 252

〔双调·水仙子〕回京机中追忆数十年来故事，因修改前作 / 252

〔黄钟·人月圆〕回京机中写所视 / 253

〔中吕·醉高歌〕题罗文谟《双清馆临陈老莲画册》 / 253

〔中吕·醉高歌〕题《董寿平山水画册》 / 253

一九四七年

〔浪淘沙〕三月十七日携想想、北大、梅君孝陵前看梅花，至旧温室前小坐，感赋 / 254

〔点绛唇〕看天山之行摄影　/254

一九四八年
第二次大战回忆歌　/255
曾慕韩之母宋太夫人《远荫堂诗稿》书后（二首）　/258
题襄城胡善长《一瓢诗稿》　/258

一九四九年
〔越调·天净沙〕谒黄花岗　/259
无　题　/259
文白电予暂勿来平　/259
见永平作《秣陵杂咏》因题此诗　/260
题李啸风《劫余剩稿》　/260
港渝机中　/260
重九台港机中（二首）　/261
渝台机中　/261
〔浣溪沙〕辋溪翁消寒之约遇雨，到台湾后作　/262
题日月潭涵碧楼　/262
重阳约台北诗人于阳明山柑橘示范场登高，耆老到者甚多予诗独迟成（二首）　/263
邵翼如六十冥寿默君夫人索诗步旧题《闺中生日诗》韵　/265
一月与溥心畬、张默君、曾今可、郎静山、谷岐山、刘延涛、陈士香访辋溪杨啸霞，看所植兰　/265

一九五〇年
上巳新兰亭禊集　/266
鹅銮鼻海边与谷岐山、曾永生拾石子　/266
吴凤庙献花　/267
夜读《曼殊大师集》，并怀季平、少屏、楚伧、元冲诸故人　/267

一九五一年

吊吴白屋先生（二首） / 269

为张岳军题胡笠僧为岳西峰《临岳武穆书长卷》 / 269

又　题（二首） / 270

四题胡笠僧为岳西峰《临岳武穆书长卷》 / 270

三月三日默君、槐村约台北宾馆禊集拈得王字 / 272

生日游草山柑橘示范场 / 272

题张岳军藏丈雪和尚诗轴 / 272

题慈镇西《勒马图》 / 274

四十年诗人节 / 274

题杨沧白手书《寄内诗册》 / 274

一九五二年

魏清德先生招饮 / 275

谢江火家看菊 / 275

再游柑橘示范场水亭小坐 / 275

韬园冬至约诸老小叙 / 276

看刘延涛学画 / 277

林文访张鲁询二公次第为消寒之约仿杜老曲江三章迟答其意并呈诸老（三首） / 277

〔中吕·醉高歌〕题惕轩《藏山阁选集》 / 278

一九五三年

题陈雪屏家藏旧拓《九成宫醴泉铭》 / 279

癸巳重九士林登高 / 279

与诸同人禊集新兰亭如约为诗 / 279

晴园消寒之会（二首） / 280

黄纯青贾煜如两先生士林立碑并约重阳高会 / 280

寿赵友琴先生七十（三首） / 280

赠莫柳忱先生七十 /283

〔黄钟·人月圆〕为张大千题《先人遗墨》 /283

克温弟自帕米尔高原归台三周年纪念日索勉励之语因为此诗 /283

一九五四年

基隆道中 /284

题《故山别母图》（二首） /284

和拜伦《希腊篇》（三首） /285

为郑曼青题《九畹云根图》 /286

甲午重九淡水沪尾山忠烈祠登高赋呈诸公 /286

消寒雅集 /286

题《张静江李石曾两先生山水画册》（二首） /286

赠山田纯三郎 /287

寿许静仁先生八十 /287

怀九先生七十三寿辰 /287

读覃孝方撰《叶素园传》有怀即呈并祝其七十又二寿辰 /288

寿吴礼卿先生七十 /288

病后游阳明山公园展望 /288

杨啸霞先生八十寿 /289

胡康民先生八十晋四寿辰为作老人歌以祝 /289

〔贺新郎〕生日答记者问 /289

一九五五年

田家乐（三首） /290

诗人节赴台南道中 /290

沁水贾煜老七十六寿辰 /291

槐树先生招饮木栅家中，饭后同游仙公庙 /291

题陇西祁少潭《漓云诗存》（二首） /291

高雄至鹅銮鼻道中（三首） /292

题榆林王军余抗战时所作《国难漫画集》 /292

题刘延涛《草书通论》 / 294

乙未士林禊集 / 294

题胡秋原《世纪中文集》 / 294

一九五六年

鸡鸣曲 / 295

诗 变 / 295

中坜圆光寺访本际和尚 / 295

题张岳军藏《黄克强先烈遗墨》 / 297

季辅请题组庵先生《游庐山杂咏》手卷 / 297

题张大千为黄君璧作《白云堂图》 / 297

许君武陈韵笙结婚三十年纪念 / 298

赠陈孝威将军 / 298

赠孝威诗意有未尽再以远东之窗释之 / 298

基隆道中 / 299

题宋希尚教授著《李仪祉传》 / 299

题梁鼎铭画《拐子马图》 / 300

寿陈含光先生七十晋八 / 300

观郭明桥画作 / 301

题罗锦堂《中国散曲史》（七首） / 301

一九五七年

四十六年元旦天放晴喜而记所梦 / 303

题民元照片 / 303

丁酉新春与澄基、想想携诸孙在基隆海滨浴场小坐（二首） / 304

延涛叙我创办《神州日报》事，酬之以诗 / 304

远同王君世昭作屈子2300年纪念祭 / 306

喜见《居延汉简》出版（三首） / 306

北投道中遇监委陈志明牧羊（二首） / 307

杖 / 307

题陈含光先生撰书《陈勤士先生八十寿文》 / 308

陈纪滢先生编《张季鸾文集》成嘱题 / 308

忆三十八年黄花岗埋碑事 / 308

题林家绰写《牧羊儿自传》（二首） / 309

四十六年生日诗作彰化道中（二首） / 309

题《王观渔诗卷》 / 311

题道藩院长家存考试大卷（二首选一） / 311

四十六年山中过夏 / 311

陈含光先生七十九大庆（二首） / 313

赠罗敦伟 / 313

寿钱新之 / 315

赠刘延涛（二首） / 315

井塘续作《于思歌》绍棣持湖笔并诗见赠因为此歌以答之 / 316

咏怀（二首） / 316

赠美国使者兰钦 / 318

再题民元照片 / 318

一九五八年

四十七年春节同乡会团拜演说归为诗三章 / 319

三月十二日赴阳明山看杜鹃花（二首） / 319

征　服（二首） / 320

题《沈达夫诗集》 / 320

明　月（二首） / 321

四十七年赴台东诗人大会（二首） / 321

〔浣溪沙〕寿张大千先生六十 / 322

补《岁寒三友图》遗字（二首） / 322

四十七年生日诗（四首） / 323

赖恺元嘱题与其师陈石遗翁合影 / 324

书钟槐树先生酬恩诗后 / 324

南　山 / 324

四十七年重九北投侨园 / 325

题梅乔林先生画竹兰，时先生八十七矣 / 325

题赠文富先生七言句 / 325

忆内子高仲林 / 325

一九五九年

题张志奎为我摄影（二首） / 326

雷　声 / 326

望　雨 / 326

四十八年生日诗 / 327

石曾以张静江吴稚晖二老手卷嘱题内有钮惕老长跋 / 327

世　态 / 328

题张清湉临《定武本兰亭序》 / 328

赠马健弟弟 / 328

思念内子高仲林 / 329

题《杨笃生先生遗诗册》（五首） / 329

一九六〇年

题梁又铭绘《姜太公像》 / 331

四十九年生日诗 / 331

江　山 / 331

遗　憾 / 332

问谁大队唱还乡 / 332

一九六一年

春游阳明山 / 333

赠岳军 / 333

有　梦 / 333

怀念大陆（二首） / 334

一九六二年

在张莼鸥先生书室观东大陆主人《言志录》　/ 336

太　华　/ 336

记冒鹤老胜利后来京事　/ 336

党史展览中见《神州》《民呼》《民吁》《民立》四报　/ 337

梦中有作起而记之　/ 337

不　寐　/ 337

望大陆（硬笔真迹）　/ 338

望大陆（毛笔真迹）　/ 338

鹅銮鼻晚眺（二首）　/ 339

一九六三年

五十二年口号　/ 340

闻王叔陶游鹅銮鼻赠以诗并述其故事　/ 340

无　题　/ 340

中华艺苑七周年纪念并赠张社长　/ 341

寿公超六十　/ 341

一九六四年

五十三年生日记幼时事（四首）　/ 342

诗赠延涛（二首）　/ 343

〔浣溪沙〕寿贯煜老八十所作　/ 343

园　陵　/ 344

无　题　/ 344

草山道中　/ 344

题幼刚老兄绘中山陵园图（三首）　/ 345

〔中吕·醉春风〕上海时两人醉在沪西同推江北小车　/ 345

题十六人同年画册寿册　/ 346

杂　忆　/ 346

作五先生　/ 346

为地图周刊八周年四百期纪念 / 347

勉文女士 / 347

写字歌 / 347

为云南起义纪念日之作（二首） / 348

敬之上将七十大寿 / 348

无　题 / 349

赠汉卿先生 / 349

祝克温韩先生七十大庆 / 349

甲午重九沪尾山登高（三首） / 350

题袁行廉夫人画 / 351

无　题（二首） / 351

后　记 / 352

前 言[1]

说来我和于家也真是有缘分。

那是 2004 年的 9 月，听说于右任先生的侄孙女、西安于右任故居纪念馆馆长于媛来京住在民革中央，筹备"纪念于右任先生著名爱国诗作《望大陆》发表 40 周年暨于右任先生书法真迹展"，基于对于老的尊崇和对于老书法的热爱，我们高兴地见了面。谁知，于媛正在为展出场地发愁，原定在国家博物馆展出的计划，因展馆改造装修暂无法使用，其他地方不是条件不够档次，就是展品安全和具有国家领导人参加活动资格的场所很难找。

因此，我提出在中国现代文学馆展出的设想，因为我们馆是新建的具有东方一流水平的展馆，除了络绎不绝的国内外专家、学者、青少年不断到馆参观交流，也常有中央领导到馆里参观。

在这样的大型文化殿堂，为于右任先生举办书法真迹展，规格环境应该说是合宜的，安全也有保障。

经过我馆和民革中央、陕西省民革、西安于右任故居纪念馆的共同商定，展览终于于 2004 年 11 月 30 日在中国现代文学馆隆重展出。当时的全国人大常委会副委员长、民革中央主席何鲁丽，全国政协副主席王忠禹，全国政协副主席、民革中央副主席周铁农以及中央有关各党派、各部门领导、各界人士等三千余人出席了开幕式。

从布展到结束，共计用了一周时间，此时，对于于先生的每一件作品可以说我都是零距离接触，尤其对于老各个时期的代表作有了更深层次的了解。我发现，于老的书法愈到晚年愈出神入化，外柔而内刚，笔简而神定，落落大方而心平气和，平易近人而情深意厚，在跌宕起伏中表现出动人的节奏感和醉人的神韵美。这对我来说是一次不可多得的极好学习机会。

展出后不久，于媛主编出版了《于右任书联集锦》，这本书基本囊括展出

---

[1] 此文为 2006 年出版《于右任诗词曲全集》之前言。

中的书联作品。许多名家看后赞不绝口，评价很高。该书已再版重印，可以说是新中国成立以来在大陆和台湾，关于于先生遗墨出版中比较精美的书籍，作为于氏后人，能把事情办到这个水平，于老在天有知他会感到欣慰的。

今年初，我又接到于媛女士的多次电话，她又要出版一册《于右任诗词曲全集》，约我为此书写序言，虽然我生长在陕西，青少年时代就知道于右任是国民党元老、杰出的书法家、诗人，标准草书的创立者，然毕竟对于老的诗歌还没有更深的研究。但出于对于老的热爱和敬重，我再一次找出我在大学时期收藏的《于右任诗选集》，从辛亥革命前的《杂感》"柳下爱祖国……"读到1962年的《望大陆》遗歌，从于先生的千余首诗、词、曲中，使我深刻地体会到，于先生的思想、情感无论是早期的愤怒直呼，或者晚年的悲痛抒怀，都没有逃避社会现实和脱离人民劳苦大众，是一部凝结中华近代史的史诗，它再现了先生那颗赤热的爱国、爱民之心，坚贞不渝地救国救民之志，刚直不阿的高尚品格，质朴无华的平民作风。他的诗歌一直贯穿了爱国主义精神的激情，爱国主义在他的诗歌里是一曲波澜壮阔的主旋律。

于右任先生的青少年时期，时值国家内忧外患灾难深重之时。于先生自幼接受进步学者朱佛光、毛俊臣等人熏陶，以国家民族利益为己任，青少年时代他就以文天祥、谢叠山为楷模，确立了推翻清朝统治，救国救民的崇高理想和远大胸怀。从他22岁写的《杂感》"柳下爱祖国，仲连耻帝秦……"一诗中即可看出他的"报仇侠儿志，报国烈士身"的豪情壮志。那时候清政不纲，帝国主义八国联军列强侵入北京，慈禧太后母子置国家民族利益于不顾，逃到陕西，他在《兴平咏古》中"女权滥用千秋戒，香粉不应再误人"，于先生欲上书陕西巡抚岑春萱，请其手刃西太后和光绪皇帝，为同学阻拦。"太平思想何由见，革命才能不自囚"，当他一旦认识清朝政府的腐败无能，丧权辱国和民族灾难深重的时候，即勇敢地投身于以孙中山为首的，以反清为主要对象的民族、民主革命潮流中，他的《从军乐》"中华之魂死不死，中华之危竟至此！同胞同胞为奴何如为国殇，碧血斓斑照青史"，就是这一指导思想的真实写照。在这个时期，他南走上海，东渡日本，办报办学，著文写诗，反封反帝，宣传革命，不遗余力。成为一名社会活动家，是辛亥革命时期的风云人物之一。

袁世凯篡夺辛亥革命果实，对宋教仁先生下毒手，于右任是目击者，他悲愤之极，撰写悼词"先生之死，天下惜之，先生之行，天下知之，吾又何记？"原来，辛亥革命、武昌起义，各省纷纷响应，"共和"胜利了，在一片胜利声中，革命果实却落在了以袁世凯为代表的投机善变的旧势力手中，孙中山的临时大总统被袁世凯代替，黄兴被打败，宋教仁被刺死，旧势力已当权，广大群众的真正地反对帝国主义，反对封建势力的斗争，立即遭到残酷镇压。在这种形势下，于右任先生开始意识到国民党在辛亥革命中脱离基层人民群众的支持，如鱼"失水"，依靠军阀、帮会闹革命的那一套作法值得思考，且国民党人缺乏"真才"，许多人对此尚不认识。而他在《出京》中写道："几见神龙愁失水，始知屠狗少真才。无端宣武门前啸，声满人寰转自哀。"此时的于右任积极支持和追随孙中山"二次革命"，反袁护国，后又回陕督师，继续与北洋军阀斗争，虽几经挫折，他没有退却，仍奋斗不息。直到1924年1月，参加了中国国民党第一次全国代表大会，赞成国共合作，拥护孙中山制定的"联俄、联共、扶助农工"的三大政策。他认为国共两党宜合不宜分，他提出了"分则两损，合则两益"的正确主张。

1926年北伐中，于右任经李大钊派遣赴苏联邀请冯玉祥回国，重整旧部，进军西北，策应北伐战争并解西安之围。在莫斯科他受到列宁和十月革命、苏维埃社会主义先进思想的影响，他有感而发地写出了四十多首歌颂列宁和十月革命、克里姆林宫、红场的诗歌，如"一片红场红又红，照耀世界日方中。列宁同志何曾死？犹呼口号促进攻"。他联想到辛亥革命的失败，认为"转悔当年起义早，方法不完得不保"。1926年5月，于右任作《舟入黄海》诗歌一首，诗中这样写道"苍髯如戟一战士，何日完成革命史？大呼万岁定中华，全世界被压迫之人民同日起！"由此可以看出，于先生当时对中国大革命激情满怀，并且预料革命的胜利，就在他这首诗歌写成不久，他也万万没想到，以蒋介石为首的右派势力，竖起了叛变中国大革命的反旗。1927年大革命失败，蒋介石反共剿共，倒行逆施。特别是"九·一八"后，蒋介石对日采取不抵抗政策和对国内各地赴南京请愿学生的大肆镇压，更加引起了于右任的不满。

抗日战争时期，于先生赞成团结抗日，赞成国共两党二次合作，并且同中国共产党保持着良好的关系。1938年1月《新华日报》创刊，于先生受周恩来之托书写了报头；抗日战争胜利之后，他反对蒋介石挑动内战，主张和平建国；

于先生对中国共产党的领导人毛泽东、周恩来等人十分钦佩,在重庆谈判期间,他以国民党元老身份宴请毛泽东、周恩来,当他得知国民党内有人要对毛泽东下毒手时,采取将计就计策略,直接质问蒋介石,保证了和谈期间毛泽东的人身安全。

解放战争后期,于右任一直希望国共和谈成功。蒋介石下野李宗仁代总统之后,他曾打算北上参加国共两党的北京会谈,周恩来同志对此十分欢迎。于先生在1949年给《闻文白自北平来电有感》中感怀"彩凤身无双羽翼,雕笼何日启重天?"由此,更能理解于先生在坚持国共再次合作的迫切心情。

由于国民党政府顽固拒绝在《国内和平协议》上签字,国共和谈破裂,中国人民解放军渡江作战,南京政府迅速土崩瓦解,逃至台湾,于右任于1949年11月,被迫离开大陆。在台湾孤岛上他经常思念大陆,思念故乡,先生越是到晚年,思乡之情越殷,企盼祖国早日统一,如1951年,在台北《生日游草山》中"白头吟望中原路,待我归来寿一杯",1952年,《再游柑橘示范场》"同人争向中原望,天放晴光亦快哉",1955年,于先生在《高雄道中》"闻说人间新灌溉,十年万能井成功",1957年,《题林家绰写牧羊儿自传》"夜深重读牧羊记,梦绕神州泪两行",1958年于先生《作明月诗二首》"痛心零落南来雁,不忍哀号过战场",在他写《书钟槐村先生酬恩诗后》"垂垂白发悲游子,隐隐青山见故乡",同年又写《忆内子高仲林》"梦绕关西旧战场,迂回大队过咸阳;白头夫妇白头泪,亲见阿婆作艳装",1959年《望雨》"更来太武山头望,雨湿神州望故乡",1961年,作《有梦》"夜夜梦中原,白首泪频滴",1962年,作《梦中有作,起而记之七绝》"剪断云霾天欲晓,划开时代气方新。昨宵梦入中原路,马首祥云照庶民",也就是在同年的元月24日,于先生写下了震撼世界的不朽爱国诗歌《望大陆》,诗中无限悲痛地抒发了先生对故乡,对大陆的怀念之情,也表达了台湾海峡两岸骨肉同胞渴望祖国统一的共同心声:

葬我于高山之上兮,望我故乡?
故乡不可见兮,永不能忘!
葬我于高山之上兮,望我大陆。

大陆不可见兮，只有痛哭？

天苍苍，野茫茫，

山之上，国有殇！

宋代的著名爱国诗人陆游，辞世之前，留下一首《示儿》，诗人到死都没有看到"九州同"。于先生岂不也是如此，他带着难以瞑目的遗憾没有看到祖国的统一，《望大陆》不愧为于先生一生中的巅峰之作，也是他的千古绝唱，先生欲将血泪寄山河。正如2003年3月18日，温家宝同志当选总理后，在举行的第一次中外记者招待会上，回答台湾记者提问："对两岸关系的看法"时，他说："说起台湾，我很动情，不由得想起了一位辛亥革命的老人，国民党的元老于右任在他临终前写过的一首哀歌"，温总理当众吟咏了于右任先生的这首《望大陆》诗，并说"这是震撼中华民族的词句"。于右任先生的忠诚爱国之情是始终如一的，如今诗人的知音温家宝总理再一次向世人宣告，这也是对先生在天之灵的告慰。我们坚信：台湾迟早要回归祖国，国家一定要统一。当台湾回归祖国，国家统一的那一天，我们一定会告慰于翁的。

于媛主编的这本《于右任诗词曲全集》收集了1156首，可以说这是于先生逝世四十年后，收集最全的诗歌集。在这些诗歌中记述了近代以来许多重大的历史转折时期与社会现实写照，于右任先生的诗，曾经激励过几代人的革命情怀，他的诗篇历久而弥足珍贵，堪称是一部厚重的爱国主义史诗。

这一部《于右任诗词曲全集》的搜集、整理、编辑和出版，无疑凝注了主编于媛及编委们的辛勤劳动。他们的辛劳和奉献相信海峡两岸和世界华人的读者是不会忘记的。

今天，我们重读于右任先生的名篇佳作，对于激发我们民族情怀和爱国精神，更有着强烈而深远的现实意义和深刻启示。

是为序。

二〇〇六年阳春三月，北京

周明，著名作家，编审。西安周至人。先后就读于西北艺术学院文学系和兰州大学中文系。毕业于兰州大学。历任中国作协青年文学刊物《文艺学习》编辑、记者，《人民文学》杂志常务副主编，中国作家协会创作联络部常务副主任，中国现代文学馆副馆长，中国作家协会全国委员会委员等职。兼任中国散文学会常务副会长，中国报告文学学会常务副会长，冰心研究会副会长，中国茅盾研究会秘书长，世侨总会文化发展委员会主任。《中华风》杂志社社长及内地和香港几家大型刊物的编委和顾问。

　　出版的著作计有《榜样》、《在莽莽的绿色世界》、《泉水淙淙》、《又是一年春草绿》、《记冰心》、《远山红叶》、《五月的夜晚》、《那年冬天没有雪》、《为霞满天》、《雪落黄河》、《山河永恋》、《没有讲完的童话》等。其中有些作品获奖，有些被国外翻译出版。

序
论于右任诗的创新精神[①]

霍松林

于右任先生的成就是多方面的。清末创办《神州报》、《民呼报》和《民立报》，宣传革命思想，反对清朝专制，是我国新闻事业的先驱者之一。他又主持震旦大学、复旦大学和中国公学，在发展我国教育事业方面做了贡献。他是长期享有世界声誉的书法家，中年以后，书名日高，几乎掩盖了他的诗名。其实，他的诗歌和他的书法可以说是"双峰并峙"。在书法史和诗歌史上，他都奠定了牢固的地位。

下面就于先生的诗谈一点感想。

1930 年春，《右任诗存》刊行的时候，柳亚子题了八首七绝，对这六卷诗及其作者充满热情地给予了赞扬。诗如下：

落落乾坤大布衣，伤麟叹凤欲安归？卅年家国兴亡恨，付与先生一卷诗。
茅店霜鸡剑影寒，几回亡命度函关？选书生已办忧天下，莫作山东剧孟看。
义师惜未下咸阳，百战无功吊国殇。寒角悲笳穷塞主，可怜我马已玄黄。
贝加湖水碧潆洄，去国申胥往复还。已换赤明龙汉劫，那堪回首列宁山。
虎踞龙蟠旧石城，当年失计误迁京。不须更怨袁公路，南朝而今有战争。
苍黄阳夏筹兵日，辛苦钟山仰望时。终遣拂衣归海上，高风峻节耐人思。
泰玄墓畔桂千丛，尚父湖边夕照红。稍惜江南哀怨地，小戎驷铁换秦风。
廿载盟心结客场，使君风谊镇难忘。怜余亦有穷途感，才尽江淹鬓未霜。

这本《右任诗存》，收录了于先生 1930 年以前约三十年的作品，由王陆一笺注。柳亚子以"卅年家国兴亡恨，付与先生一卷诗"两句论定了它的时代内容和"诗史"价值。我个人认为，于先生的诗歌创作，可分为四个时期。辛亥革命（1911 年）以前十来年为第一期；辛亥革命以后至 1927 年为第二期；

[①] 此文为 2006 年出版《于右任诗词曲全集》时所作序。

1927年至抗日战争胜利为第三期；抗战胜利至他1964年逝世为第四期。而最有价值、最能体现于先生创作新精神的诗，则主要在第一、二期。于先生中年以后，诗名逐渐被书名所掩，也不是偶然的。

辛亥革命以前十来年，戊戌变法失败（1898年），八国联军侵入北京（1900年）。一系列历史事件证明了清王朝的腐朽和资产阶级改良主义的破产。因而在人民群众反帝反封建的革命要求不断高涨的基础上，形成了资产阶级和小资产阶级革命派所领导的革命运动，其目的是推翻清王朝的封建统治，建立民主共和国。于先生乃是这一革命运动的先行者、倡导者之一。而他的诗歌创作，正是从这一革命运动中吸取力量、又反转来为它服务的。且看《杂感》的第一首和第三首：

柳下爱祖国，仲连耻帝秦。子房抱国难，椎秦气无伦。报仇侠儿志，报国烈士身。寰宇独立史，读之泪盈巾。逝者如斯夫，哀此亡国民！

伟哉汤至武，革命协天人。夷齐两饿鬼，名理认不真。只怨干戈起，不思涂炭臻。心中有商纣，目中无商民。叩马复絮絮，非孝亦非仁。纵云暴易暴，厥暴实不伦。仗义讨民贼，何愤尔力伸？迂吁嗟荞男子，命尽歌无因。耗矣首阳草，顽山惨不春。

第一首抒发了反对帝国主义侵略、争取祖国独立的豪情壮志，把"耻帝秦"、"抱国难"、挽救危亡、争取独立作为"爱祖国"的主要内容，给传统的爱国思想带来了新的特点。而洋溢着具有新的特点的爱国主义激情，是于先生的诗歌，特别是第一、第二两期诗歌的鲜明特点。

第一首反帝，第三首反封建。伯夷、叔齐反对武王伐纣，不食周粟，饿死于首阳山，历来受到称赞，韩愈就写过《伯夷颂》。于先生对伯夷、叔齐却不但没有颂，而且指斥他们"心中有商纣，目中无商民"。把清朝统治者斥为商纣，大声疾呼，要求伐纣救民，这是难能可贵的。在此后的诗作中，还不时出现"不为汤武非人子，付与河山是泪痕"（《出关》），"乘时我欲为汤武，一扫千年霸者风"之类的句子，表现了献身革命、威武不屈的英雄气概。

新的内容突破了旧的形式。于先生第一期的诗，在内容和形式上都富于创新精神。请看《从军乐》：

中华之魂死不死，中华之危竟至此？选同胞同胞为奴何如为国殇，碧血斓斑照青史。从军乐兮从军乐，生不当兵非男子。男子堕地志四方，破坏何妨再整理。君不见白人经营中国策愈奇，前畏黄人为祸今俯视。侮国实系侮我民，忉忉侃侃胡为尔？吁吾人当自造前程，依赖朝廷时难俟。何况列强帝国主义相逼来，风潮汹恶廿世纪。大呼四亿六千万同胞，伐鼓研金齐奋起？

篇无定句，句无定字，形式比较自由。全篇多用七字以上的长句，大气盘旋，热情喷涌，而以"大呼"结尾，尤足以发聋振聩。

这些诗，原收入《半哭半笑楼诗集》中，是"民国纪元十年前"即1902年以前的作品。这时候，资产阶级改良派"熔铸新理想以入旧风格"的"诗界革命"（实际是诗歌改良）已成过去；形式拟古、内容空虚的"同光派"诗，泛滥诗坛。于先生这些诗篇的出现，具有划时代的意义。《半哭半笑楼诗集》刚在三原刊印，就不胫而走，到处传诵，引起了清朝统治者的恐惧。1903年，于先生正在开封应试，却遭到缇骑缉捕，变姓名逃脱，始免于难。这一事实，也足以说明于先生第一期的爱国诗章在反帝反封建的革命斗争中发挥了多么巨大的威力。

有些人说于先生是"南社"诗人。这当然不算错。因为于先生与柳亚子等南社诗人交好，参加过南社的创作活动。但应该弄清，"南社"成立于1909年，而于先生第一期的诗，却创作于1902年以前。南社是辛亥革命时期的进步诗社，对宣传资产阶级民主革命，反对清朝专制统治，起过积极作用。而于先生第一期的诗歌创作，实开"南社"之先河。

于先生第二期的诗歌数量较多，内容、风格都具有多样性。最富创新精神的，则是1926年往返苏联时期的作品。于先生把这些诗编在一起，题为《变风集》，其意正在于突出其创新精神。且看《舟人黄海作歌》：

黄流打枕终日吼，起向柁楼看星斗。一发中原乱如何，再造可能得八九？吁神京陷后余亦迁，奔驰不用卖文钱。革命军中一战士，苍髯如戟似少年。呜呼？选苍髯如戟一战士，何日完成革命史？选大呼万岁定中华，全世界被压迫之人民同日起！

再看《东朝鲜湾歌》：

晨兴久读《资本论》，掩卷心神俱委顿。忽报舟入朝鲜湾，太白压海如衔恨。山难移兮海难填，行人过此哀朝鲜。遗民莫话安重根，伊藤铜像更巍然。

吾闻今岁前皇死，人民野哭数十里。又闻往岁独立军，徒手奋斗存血史。世界劳民十万万，阶级相联参义战。何日推翻金纺锤，一时俱脱铁锁链？芽噫吁嘻？选太白之上云飞扬，太白之下人凄怆，太白以北弱小民族矜解放，太白以南以东以西被压迫者如怨如慕如泣如诉复如狂。山苍苍兮海茫茫，盟山誓海兮强复强。歌声海浪相酬答，天地为之久低昂。舟人惊怪胡为此，此髯歌声犹不止。万里转折赴疆场，我本国民革命军中一战士。

"诗言志，歌永言。"从这两首长歌所表现的"志"看，于先生的社会理想这时候出现了新的飞跃。作为"战士"，他因急于实现这种理想而热血沸腾，不能自已。溢而为诗，就像大江暴涨，一往无前，浑灏流转，气象万千。真有"大声吹地转，高浪蹴天浮"的气概。

传统诗歌中的"歌行"这种体裁，本来比较自由，适于表现奔放的情感和复杂的事态。于先生这时期的诗歌创作，最善于发挥歌行体的特长，并在此基础上创新。让我们来读《克里木宫歌》：

君何事来翻吊古，克里木宫矜一睹。置身赤色莫斯科，结习不忘真腐腐。世人莫误悲铜驼，请述怪异作哀歌。宫内教堂即坟墓，历代皇室铜棺多。沙皇铸钟巨无仿，更制巨炮长盈丈。炮无人放钟不鸣，两都红旗已飘荡。故宅既作苏维埃，遗民复袒共产党。无产阶级革命竟成功，新旧世界由此划为两。吾闻革命之时经剧战，宫内宫外两阵线。列宁下令用炮轰，门内白军方自变。又闻宫门旧有断头台，台前血渗野花开。台上杀人城上笑，百年骈戮真堪哀。自今门外号红场，功成之后葬国殇。列宁以下殉义者，一一分瘗傍宫墙。宫墙兮墓道，墓道兮多少？选上悬革命之红旗，下种伤心之碧草。悠悠苍天我何人，万里西征头白了！

再读《红场歌》：

中山已逝列宁死，莫斯科城我来矣？选遗骸东西并保存，紫禁红场更相似。每日排队朝复暮，争看列宁人无数。我亦蹩躄诣红场，为全人类有所诉。一片红场红复红，照耀世界日方中；列宁诸烈何曾死，犹呼口号促进攻。噫吁嘻？选东方羁束难自解，吾党改组君犹待。君之主张东方之民久已闻，君之策略东方之事莫能改。何况共同奋斗救中国，中山遗命赫然在。转悔当年起义早，方法不完得不保。如今愁苦呼声遍亚东，大乱方生人将老。头白伶仃莫斯科，惭感交并责未了。未了之责谁余助？兮至此翻思进一步。为全人类自由而进征兮？兮解放东方之大任先无误。吊中山之良友兮，知取则之不远。信吾党之必兴兮，夫孰荷此而无忝？兮惆怅兮将别，歌声兮哽咽。酬君兮全世界奴隶之泪，奠君兮全世界豪强之血。献君兮全世界劳民之铁链，奏君兮全世界历史之灰屑。君之灵兮绕世界而一视，时不久兮全设。红场歌兮声悲切！

与此同时，还做有《布蒙共和国立国五年纪念歌》，以"全世界无产阶级与被压迫民族联合起来，此乃马克思以及列宁革命之口号"开头，历叙布利亚特人民受压迫的历史及十月革命成功以后的幸福生活。然后描写了他所参加的各种盛大的庆祝场面和"露天大宴"。结尾由"响彻云衢国际歌，天将明矣唱未央"转向主观抒情：

嗟余转折二万里，七日乌城发白矣？选苍隼护巢曷不归，神龙失水犹思起。乌城西安一直线，昨梦入关督义战。尽烹走狗定中华，一行解放四万万。碧云寺上告成功，山海关前开祝宴。老来有志死疆场，竟把他乡当故乡。夜半梦回忽下泪，马角乌头困大荒。天怜辛苦天应晓，促我整顿乾坤了。赐我布蒙国内小山庄，万松深处容一老。

这些诗的创新精神首先表现在思想新、感情新。忧心四亿劳民的苦难，高呼全世界无产阶级与被压迫民族联合，追求全人类的自由解放，歌颂十月革命成功所开辟的新世界。如此光辉的新思想，如此炽烈的新感情，充溢于字里行间，怎能不令人耳目一新？其次是选材新、取境新。异域之山川云海，外国之历史风俗，红场上瞻仰列宁遗容的人流，克里姆林宫的巨钟巨炮和迎风飘荡的红旗，这一切与前述的新思想、新感情熔铸而成瑰奇宏丽的新意境，令人目眩神摇，精神振奋。第三是语言新、形式新。许多新名词、新术语、新口号络绎笔端，五彩缤纷。而多音节的名词、术语和口号的大量运用，冲破了五、七言句的老框框。例如《布蒙共和国立国五年纪念歌》的中间数句："忽然天开地辟日月光，十月革命成功兮，实现苏维埃社会主义之联邦。民无异国兮地无四方，布蒙民族从此得解放。"作者把"十月革命"、"苏维埃社会主义"等多音节的词汇都驱遣于笔下，自然就出现了许多长句。有些长句，又吸收了散文的造句方法，使诗句更有弹性，更富表现力。"太白以北弱小民族矜解放，太白以南以东以西被压迫者如怨如慕如泣如诉复如狂"两句，就是一个例子。当然，诗毕竟是诗，足以提高艺术表现力的散文化是需要的；有损于诗的意境美、音韵美的散文化则应该避免。比较而言，《布蒙共和国立国五年纪念歌》的前半篇，是有过分散文化的不足的。

我们说于先生的歌行富于创新精神，并不意味着他的近体诗毫无突破。近体诗，包括律诗和绝句，早在盛唐时代就已经定型。格律极严，必须恪守；不合格律，就不能算近体诗。因此，写近体诗而要体现创新精神，就十分困难。标榜"诗界革命"的维新派诗人是"捋址新名词"以显示诗作之新的。但如果只着眼于语言新，那还不足以体现创新精神。创新，既要语言新，更要题材新、思想感情新。结合起来，要意境新，要唱出时代的新声。于先生的不少近体诗，特别是第一、第二时期的近体诗，是有新的意境的，是唱出了时代的新声的。

1903年，于先生被清廷追捕，奔赴上海。经南京时做《孝陵》七绝云："虎口馀生亦自矜，天留铁汉卜将兴。短衣散发三千里，亡命南来哭孝陵。"其意境之阔大，风格之豪迈，都跨越前人。而最重要的，还在于有新意。有为振兴中华而献身革命的新思想、新感情。

赴苏联途中作《舟入大彼得湾》七绝云：

二百余年霸业零，天风吹尽浪花腥。掬来十亿劳民泪，彼得湾中吊列宁。

第一句，用一个"零"字，将彼得大帝建立的"二百余年霸业"一扫而空。第二句以"浪花"紧扣"大彼得湾"，而以"腥"字概括"二百余年霸业"，深刻、新警，令人叹服。当然，"天风"和"腥"，都是诗的语言。不是大彼得湾的浪花真的飘满血腥，也不是真的有什么"天风"把那"浪花腥"吹尽；而是说，那"二百余年霸业"被十月革命推翻，血腥的统治已一去不返。这层意思，不是我们猜出来的，而是作者从三、四两句诗中表现出来的。"彼得湾"以彼得大帝得名。彼得大帝与列宁，各代表着不同的阶级、制度和历史时代。作者构思的新颖之处，在于他把极端相反的两个人物摆在一起，创造了"彼得湾中吊列宁"的警句，于强烈对比中引导读者回顾霸权统治的历史和无产阶级革命的历史，而以"零"字"腥"字，表现对前者的态度，以劳民之泪"吊列宁"表现对后者的感情，内涵深广，耐人寻味；爱憎分明，发人深省。

于先生擅长七律。仅就靖国军时期的作品看，沉雄悲壮，感慨苍凉，反映了时局的危殆、人民的苦难和作者的忧愤，具有"诗史"价值。而技巧之精湛，风格之老健，炼字、锤句、谋篇之完美，也令人倾倒。总的说来，这些七律的新，表现在作者以目击、参与者和领导者的深切感受和炽烈情感，艺术地表现了那一个时代的政治风云、军事斗争、人民命运、国家前途。分别而言，又各有新颖之处。例如《民治学校园纪事诗》二十首，用植物名六十余种，以植物学之论据，写校园中之景物，而以景寓情，因物托事，靖国军之艰难处境和作者力挽危局的苦衷，历历如见。香草美人，托物寄兴，这是《离骚》以来常用的手法；于先生的这二十首七律，则为传统的比兴手法的运用打开了新的天地。

"五四"以来的"新诗"创作有很大成绩，但还有民族化、群众化等许多问题有待解决。我国被誉为诗的国度。我国传统诗歌的民族形式，既不应该一下子全盘抛弃而代之以外来形式，也不应墨守成规，故步自封，写那种与古人的作品没有两样的"旧体诗"。要繁荣社会主义诗歌，"新诗"作者应学习传统，使自己的作品更具有中国作风、中国气派，不应割断传统，强调从外国移植。除此以外，也还可以运用传统诗歌的各种形式反映两个文明建设，反映新的时代、新的人物，不断推陈出新。近几年，做"旧体诗"的人多了，诗社、诗刊，也不断出现。"新诗"人颇以"旧体诗泛滥"为忧。有些人压根不懂近体诗的格律，却把自己的作品叫"律诗"；另一些人勉强讲平仄和对仗，但为格律所束缚，写出的东西毫无诗意。这样的东西泛滥，的确不太好。但是第一，凡事总有个学习过程；第二，从晚清以迄现在，能驾驭传统诗歌的各种形式，写出优美诗篇的人，始终是有的，不应忽视这支力量，更不应歧视。值得一提的是：有不少修养很深的老诗人，写起"旧体诗"来，力求典雅、古奥，不敢创新，连新词汇都不用，也不同意别人用。针对这种现状来读于先生的诗，注意一下他在内容和形式方面的创新精神，是很有意义的。

于先生作诗力求创新，是自觉的，有理论的，早在1902年前所做的《和朱佛光先生步施州狂客原韵》一诗里说："愿力推开老亚洲，梦中歌哭未曾休……太平思想何由见，革命才能不自囚。"一个发愿以革命手段推开"老亚洲"而迎接"新亚洲"的人，作诗也自然主张创新。他称赞杜甫，则着眼于"大哉诗圣，为时代开生命"；评价李白，则突出其"三杯拔剑舞龙泉，诗家血色开生面"。关于陈子昂在初唐诗歌发展中的历史功绩，他更讲得中肯、透辟：

7

徐庾而还至射洪，划开时代变诗风。不为四杰承馀绪，自是初唐一大宗。

——（《陈含光先生七十九大庆》）

这是说，陈子昂（射洪）改变了徐陵、庾信以来繁缛靡丽的诗风，具有划时代的意义，因而超越四杰（王、杨、卢、骆）而成初唐诗坛的大宗。《诗变》一篇，更通篇论诗，强调"变"：

诗体岂有常？诗变数无方。何以明其然，时代自堂堂。……

这是说，诗体没有永远不变的框框。时代在不断地发展变化，诗，也自然跟着发展变化。不变，就脱离了时代，落后于时代。1955年诗人节，他在台南诗人的集会上说：

……执新诗以批评旧诗，或执旧诗以批评新诗，此皆不知诗者也。旧诗体格之博大，在世界诗中，实无逊色。但今日诗人之责任，则与时代而俱大。谨以拙见分陈如下：一、发扬时代的精神，二、便利大众的欣赏。盖违乎时代者必被时代摒弃，远乎大众者必被大众冷落。再进一步言之，此时代应为创造之时代。伟大的创造，必在伟大的时代产生；而伟大的时代，亦需要众多的作家以支配之，救济之、并宣扬之，所谓江山需要伟人扶也。此时之诗，非少数者悠闲之文艺，而应为大众立心立命之文艺。不管大众之需要而闭门为之，此诗便无真生命，便成废话，其结果便与大众脱离。此乃旧诗之真正厄运。

……一方面，诗人的喉舌，是时代的呼声；一方面，诗人的思想，是时代的前驱。以呼声来反映时代的要求，以思想来促使时代的前进。而诗人自己，更应当是实现此一呼声与思想的斗士。

"旧体诗"要"发扬时代精神"，"违乎时代者必被时代摒弃"；"旧体诗"要"便利大众的欣赏"，"远乎大众者必被大众冷落"。这些话，应该说是讲得相当精辟的。而"旧体诗"要"发扬时代精神"，就有创新的问题；"旧体诗"要"便利大众的欣赏"，也有创新的问题。歌行之类的古风，形式比较自由，创新较易着手，而已经定型了十几个世纪的近体诗，究竟该怎么办？我去年参加过岳麓诗社和南岳诗社的讨论，大家对这个问题都提不出什么切实可行的解决办法。不妨让我们看看于先生的意见：

我的意思……诗应化难为易，接近大众。这个意见，朋友中间赞成的固然很多，但是持疑难态度的亦复不少。这个原因，一是结习的积重难返，一是没有具体办法。习惯是慢慢积成的，也只有慢慢地改变。我今天特向大会提出两点意见……

一、平仄——近体诗的平仄格律，完全是为了声调美。但是，现在平仄变了，如入声字，国语多数读平声了，我们还把它当仄声用。这样，我们的诗，便成目诵的声调，而不是口诵的声调了？选所谓声调美，也只成为目诵的美，而不是口诵的美了。

二、韵——诗有韵，为的是读起来谐口。但是后来韵变了，古时在同韵的，读起来反而不谐；异韵的，反而相谐。如同韵的"元"、"门"，异韵的"东"、"冬"。而我们今日作诗，还要强不谐以为谐，强同以为异，这样合理吗？芽但是这种改变，并不自今日始。词的兴起，是一种革命，它把诗韵分的分，合的合，来了一次大的调整。元曲又是一种革命，那些作者认为词韵的调整还不够，所以《中原音韵》，连入声都没有了。……古人用自己的口语来作诗，我们用古人的口语来作诗，其难易自见。我们想要把诗化难为易接近大众，第一先要改用普通语的平仄与韵，这是我蓄之于心的多年愿望。我过去，话实在说得太多了。但是，我总觉得国家今日固然不可无瑰丽的宾馆，但更需要多兴平民的住宅？选国如斯，诗亦如斯！

于先生是一位博览群书，拥有六十多年诗歌创作经验的老诗人，他探求诗歌发展的历史轨迹，总结自己的创作实践，从诗歌与时代、诗歌与大众的血肉联系中，阐述了诗歌必须创新的理论，并为旧体诗形式方面的革新提出了具体的设想，很值得我们参考。

在台湾，于先生是经常思念大陆、思念故乡的。1957年《题林家绰写〈牧羊儿自传〉》云：

夜深重读《牧儿记》，梦绕神州泪两行。

《四十七年重九北投侨园》云：

海上无风又无雨，高吟容易见神州。

1958年《书钟槐村先生酬恩诗后》云：

垂垂白发悲游子，隐隐青山见故乡。

1961年《有梦》云：

夜夜梦中原，白首泪频滴。

最值得玩味的是1962年所作《梦中有作起而记之》七绝：

剪断云霾天欲晓，划开时代气方新。昨宵梦入中原路，马首祥云照庶民。

于先生未能活到现在，回到大陆，目睹"划开时代气方新"，"马首祥云照庶民"的美好现实，他自己是十分遗憾的，我们也深感遗憾。

但是，值得我们欣慰的是，今天《于右任诗词曲全集》即将再版付梓，相信，于先生地下有知，也会安息的。

杂 感

柳下①爱祖国，仲连②耻帝秦。子房③抱国难，椎秦气无伦。报仇侠儿志，报国烈士身。寰宇独立史，读之泪盈巾。逝者如斯夫，哀此亡国民。

蜂虿螫指爪，全神不能定。蚊虻噆皮腹，痴儿睡不竟。忧患撄人心，千钧万钧劲。为问彼何人，横卧东半径。一针不及创，一割不知痛。伤哉亲与爱，临危复梦梦。

伟哉说汤武④，革命协天人。夷齐⑤两饿鬼，名理认不真。只怨干戈起，不思涂炭臻。心中有商纣，目中无商民。叩马复絮絮，非孝亦非仁。纵云暴易暴，厥暴实不伦。仗义讨民贼，何愤尔力伸。吁嗟莽男子，命尽歌无因。耗尽首阳草，顽山惨不春。

信天行者妄，避天行者非。地球战场耳，物竞微乎微。嗟嗟老祖国，孤军入重围。谁作祈战死，冲天血路飞。

---

① 柳下：即柳下惠，姓展名禽，又名获，字季，谥惠。春秋时鲁国大夫，三次被罢官而不离开祖国。

② 仲连：即鲁仲连，战国时齐国人，曾劝赵、魏不要尊秦王为帝。

③ 子房：即张良，战国时韩国人。秦灭韩后，张良倾散家财，为韩国报仇。一次，秦王出游，张良与大力士在博浪沙用铁椎狙击秦王车队，误中副车。

④ 汤武：即商汤王，周武王。夏桀无道，商汤伐而灭之；殷纣无道，武王伐而灭之，世称汤武革命。

⑤ 夷齐：即伯夷和叔齐。周武王兴师伐纣，夷齐叩马而谏，欲图阻兵前进，至商灭亡，二人入首阳山，采薇作歌，七日不食周粟而死。故称之为"两饿鬼。"

吊李和甫

君名秉煦,高陵人。为余最早一同志。以家庭之谗言,忧愤自尽。其父雨田公,救余脱险者也。①

和甫和甫,命短心苦。好战场肯信途穷无用武,好男儿轻残七尺委黄土。痛定思痛君如何?抱恨定料黄泉多。谗人交乱伤骨肉,隐痛难明起风波。湘累怨极神情乱,横死庶解人疑难。一瞑不顾亲何安,土蚀寒花封痴汉。执笔三年不成声,至此肝肠寸寸断。

兴平寄王麟生、程抟九、牛引之、王曙楼、朱仲尊诸同学②

转战身轻意正酣,无端失足堕骚坛。
近来进步毫无趣,诗意凭陵陆剑南。

---

① 李雨田是三原药材行经理,得知陕西巡抚升允以"逆竖倡言革命,大逆不道"的罪名行文开封府缉拿作者(时在应癸卯科会试)的消息后,立即写就隐语信,派人日夜兼程送给作者,使其得以脱身,转往上海。
② 王麟生,即王炳灵,陕西三原人,同盟会会员,曾任《民立报》编辑;程抟九,即程运鹏;牛引之,即牛致远;王曙楼,即王文海;朱仲尊,即朱志彝。几人皆为作者早年同窗。

失意再游清凉山①寺题壁

万千兴会怅登临，
得罪苍苍罚苦吟。
落叶横飞偏碍眼，
高僧时到一论心。
手无阔斧开西北，
足驻长途哭古今。
为问东山人在否？②
末流为尔一沾巾。③

署中狗

署中豢尔当何用？
分噬吾民脂与膏。
愧死书生无勇甚，
空言侠骨爱卢骚。④

---

① 清凉山，在三原县鲁桥镇北，是当年正谊书院所在地。
② 东山人：据《晋书·谢安传》记载，谢安曾经辞官隐居东山。这里"东山人"指主持正谊书院的贺复斋先生，是当时三原名儒，人称"理学宗师"、"关学渊源"。
③ 末流：作者谦称。
④ 卢骚：现译作卢梭（1712—1778），是法国启蒙思想家。

从军乐

中华之魂死不死,

中华之危竟至此?

同胞同胞为奴何如为国殇,

碧血斓斑照青史。

从军乐兮从军乐,

生不当兵非男子。

男子堕地志四方,

破坏何妨再整理。

君不见白人经营中国策愈奇,

前畏黄人为祸今俯视。①

侮国实系侮我民,

伈伈伣伣胡为尔?②

吾人当自造前程,

依赖朝廷时难俟。

何况列强帝国主义相逼来,

风潮汹恶廿世纪。

大呼四万万六千万同胞,

伐鼓研金齐奋起。③

---

① 黄人为祸:成吉思汗曾发动西征,攻入欧洲,因而欧洲一些国家称之为"黄祸",后来一些西方政客歧视黄种人,诬称之为"黄祸"。

② 伈伈(xǐn),小心恐惧的样子。伣伣(xiàn),不敢正视的样子。韩愈《祭鳄鱼文》:"伈伈伣伣,为民吏羞,以偷活于此邪?"

③ 伐鼓,即击鼓。研金,即打锣。

赠茹怀西①

烈士头颅侠士心，
长松绝涧出风尘。
现身酷似乡前辈，
大蟹横行孙豹人。②

和朱佛光③先生步施州狂客原韵

愿力推开老亚洲，
梦中歌哭未曾休。
人权公对文明敌，
世事私怀破坏忧。
偶尔题诗思问世，
时闻落叶可惊秋。
太平思想何由见，
革命才能不自囚。

---

① 茹怀西，名欲可，陕西泾阳人，同盟会会员，民元时曾任临时参政院议员。1914年卒于北京。

② 作者自注："渔洋题豹人像，有'落落琴声大蟹行'句"。孙豹人，即孙枝蔚，字豹人，号溉堂，三原人，明末客居扬州，以诗文知名于世。清代诗人王渔洋题其画像云："绝涧长松不世情，科头箕踞一先生。胸中磊块无人语，落落琴声大蟹行。"

③ 朱佛光：名光照，字漱芳，晚年号佛光，陕西三原人，主张"经学科学并重"，毕生从事教育事业，不求闻达。辛亥革命时期，陕西进步分子多出其门下，于右任青年时代，深受其新学的影响。

兴平咏古（十首）

一

少治春秋学有加，
暮年灾异乱如麻。
儒生眼界容方寸，
抵死昌言罢百家。
　　　　——董仲舒①

二

误国谁哀窈窕身，
唐惩祸首岂无因？
女权滥用千秋戒，
香粉不应再误人。
　　　　——杨妃墓②

三

椎生凹凸剑生棱，
游侠曾闻徙茂陵。
断自公孙诬郭解，
人豪挫折腐儒兴。
　　　　——郭解③

四

博学鸿才赋两都，
园林苑囿尽陈铺。
史家今古真评在，
迁固龙猪未尽诬。
　　　　——班固④

---

① 董仲舒：广川人，家徙茂陵，主张"罢黜百家，独尊儒术"。
② 杨妃墓：安史之乱，杨贵妃被缢死后，其墓在马嵬坡，在今陕西兴平市西。
③ 郭解：字翁伯，轵（今河南济源市东南轵城镇）人。汉武帝要迁徙一些豪侠到茂陵（在今陕西省兴平东），郭解名列其中。徙后不久，郭解门客杀人，而公孙弘却诬陷郭解让其抵罪，并杀了郭解全族。
④ 班固，扶风安陵（今陕西咸阳）人，任兰台令史，继其父班彪，完成纪传体断代史《汉书》。曾作《东都赋》和《西都赋》。

咏郑

雄生凹凸剑生棱，游侠曾问徐茂陵。以断自公孙诞，鲜人豪挫折，满儒兴。

于鹤

五

王气西北咽暮笳，
当年跃马亦堪嘉。
宁为玉碎羞低首，
漫道公孙井底蛙。

——公孙述①

六

抚结群雄辑众羌，
西州遗种计还长。
风尘偏霸男儿事，
何必低头入洛阳。

——窦融②

七

历史英雄有数传，
据鞍犹自羡文渊。
谅为烈士当如此，
是好男儿要死边。

——马援③

八

骨相生成万里侯，
立功应在海西头。
穷荒血食穷荒死，
临老何心恋首邱。

——班超④

九

老抱青山大放歌，
亦和亦介亦英多。
江湖侠骨无连季，⑤
曾傍要离愿若何？

——梁鸿⑥

---

① 公孙述：字子阳，扶风茂陵人，据成都，为益州牧，后称帝于蜀。
② 窦融：字周公，扶风平林人，据西河，自称五郡大将军，后降刘秀，为益州牧。
③ 马援：字文渊，扶风茂陵人，曾为陇西太守，官伏波将军，为东汉初名将。
④ 班超：字仲升，扶风平陵人，汉明帝时，出使西域，任西域都护，封定远侯。
⑤ 连季：指鲁仲连、吴季札。季札，春秋时代吴国人，知音乐，重友谊。
⑥ 梁鸿：字伯鸾，扶风平陵人，东汉初受业于太学，后隐居京畿山中。

十①

汉武帝陵②

绝大经纶绝大才，罪功不在悔轮台。
百家罢后无奇士，永为神州种祸胎。

吊古战场

无数英雄无数骸，黄沙青史两沉埋。
我来数数诗难就，懊恼鸱鸮叫断崖。

咏　史

独立亭亭命世雄，男儿何必哭途穷。
卢骚寡妇淮阴母，③慧眼豪情不愿逢。

---

① 以前所出诗集仅九首。第十首《汉武帝陵》，据台本《诗集补遗》注："为张将军勖哉所记诵者"。当系为张君所书写而被保留的。
② 汉武帝陵，即茂陵。
③ 卢骚寡妇：卢骚自幼离开家庭，无依无靠，寄食寡妇瓦朗夫人家。淮阴母：淮阴侯韩信，曾受漂母一饭之恩。

赴试过虎牢[1]

云乱雁声高,书生过虎牢。
相持无楚汉,凭轼读离骚。
黄土悬千尺,青天露一毫。
回头应笑倒,歃血几人豪。

孝 陵[2]

虎口余生亦自矜,天留铁汉卜将兴。
短衣散发三千里,亡命南来哭孝陵。

---

[1] 虎牢,即虎牢关,也称古崤关、汜水关,在今河南省荥阳市。
[2] 孝陵,即南京明孝陵,乃明太祖朱元璋陵墓,在今江苏南京市东北钟山之南。

马 关①

雨中山好青如黛,浪里花开白似棉。
活泼游鱼吞晓日,回翔饥鸟逐渔船。
舟人指点谈遗事,竖子声骄唱凯旋。
一水茫茫判天壤,神州再造更何年?

---

① 马关:又名下关,日本本州西端港口。甲午战争失败,清政府曾派李鸿章到此,与日本签订了丧权辱国的《马关条约》。

〔浪淘沙〕
黄鹤楼[①]

烟树望中收，故国神游，江山霸气剩浮沤。黄鹤归来应堕泪，泪满汀洲。

凭吊大江秋，尔许闲愁，纷纷迁客与清流。若个英雄凌绝顶，痛哭神州。

和　词（三首）

〔浪淘沙〕
和骚心黄鹤楼题壁
蜕庐

壁垒阵云收，剑底魂游，索伦王气幻轻沤。望里翩翩旗影白，插遍沙洲。

嫋嫋洞庭秋，极目予愁，横流战血挟江流。卷起怒涛撑半壁，重奠神州。

[①] 这首词是作者于辛亥革命前流亡上海归里时所作，它能保存下来，颇有意思：作者早期诗集中收入的这首词，前三句缺，为卢前所补缀——"报国志难酬，历历恩仇，强裁心事一登楼。"抗战初的1939年西安被敌机轰炸，作者友人曹雨亭先生之家波及，在护书中发现此词。据了解，此词最早刊登于《民立报》，一时和者颇多。本书兹选和词三首，供读者欣赏。三位作者系笔名，身世不详。

〔浪淘沙〕

和骚心黄鹤楼题壁

剑冀

　　乾坤指顾收，目与天游，洪涛卷尽水中沤。万里河山新气象，笑傲沧洲。

　　郁结几经秋，一旦消愁，巍巍砥柱挺江流。二百余年沉黑暗，光复神州。

〔浪淘沙〕

和骚心黄鹤楼题壁

孽子

　　热泪一时收。梦鹤南游。望中天地几沙沤。谁唱大江东去曲，笛起沧洲。

　　云物渐深秋。漫说闲愁。狂来击楫溯中流。三色旌旗看掩映，赤壁黄州。

〔踏莎行〕
送杨笃生①

绝好山河,连宵风雨,神州霸业凭谁主?共怜憔悴尽中年,那堪飘泊成孤旅。故国茫茫,夕阳如许,杜鹃声里人西去。残山剩水几回头,泪痕休洒分离处。

巩县谒杜工部祠②

巩梅迟我已经年,今日梅开拜座前。
河洛交流归大海,齐梁诸子等寒蝉。
旧居几处争枌社,遗集千家作郑笺。
日暮乡关渺何处,杜陵西望一潸然。

洛阳怀古③(四首存二)

一

声彻北邙薤露歌,素车白马遍山阿。
冢中枯骨英雄少,天下瞎儿帝子多。
龙种几人悲铁券,莺花无地觅铜驼。
石郎休唱思归引,既误神仙又误他。

---

① 作者自注:杨笃生为《神州报》总主笔,因《神州报》改组将去英伦。时文叔问先生以《冷红词》赠予,予见其中有"神州霸业凭谁主"之句,戏谓笃生,此似赠公者,因为足成此词以送其行。予以戏作多采文句,故集中不载。右任特记。编者按:杨笃生(1871—1911)湖南长沙人,原名毓麟,号叔任。1906年正式加入同盟会。1907年与于右任在上海创办《神州日报》。1911年8月6日,因疾病缠身且愤于国难日益深重,在利物浦投海自尽。
② 杜工部祠:唐诗人杜甫711年诞生于河南巩县(今巩义市)南窑湾村,770年在湖南漂泊,病逝于赴郴州途中。其孙杜嗣业将其灵柩运回,葬于巩县(今巩义市)东邙山岭上,后人建有祠堂。
③ 作者自注:时西后与光绪先后逝世。

二

楚楚翩翩祖与袁，神州涂炭自高轩。

经纶独惯当东道，燮理惟能闭北门。

盟府丹书亡正气，故宫金狄剩啼痕。

山崩洛应真奇变，拘乱浑忘骨肉恩。

〔柳梢青〕
洛阳吊古

败叶留红，残岩落翠，满目风沙。故国山川，故家池馆，故苑风华。无端梦堕天涯。任凭吊，杨家李家。①一片闲愁，两行清泪，几曲悲笳。

洛阳道中

风雨何年会？洛阳人已空。

帝王半俘虏，盗贼亦英雄。

雪落乌头白，霜飞柿叶红。

东征果何日？老马苦嘶风。

---

① 杨家李家：洛阳为隋唐故都，杨家指隋，李家指唐。

〔眼儿媚〕
洛阳道中①

衰时容易盛时难,独自泪汍澜。黍离殿阁,劫灰文物,残霸河山。
无情道路多情梦,梦里越重关。今宵洛浦,明朝盘豆,后日长安②。

过王觉斯③墓

孟津河畔草迷茫,下马荒坟吊夕阳。
吕史当年俱殉国,待公泉下见高皇。

新安④早发

月映苍崖天惨惨,风摇败叶冷萧萧。
黄沙眯目人如泪,顽石摧车马不骄。
痛定降儿思故国,魂归元老泣前朝。
浪游销尽轮蹄铁,只此神州恨未消。

---

① 作于 1908 年自沪回陕葬亲途中。
② 洛浦:洛水之滨。盘豆,即盘豆镇,在河南省阌乡县(今划归河南省灵宝市)西南。
③ 王觉斯:名铎,字觉斯,河南孟津人,清代著名书法家,工书法,善正、行、草书,笔力矫健,如天马行空,不拘一格。
④ 新安:河南省西部县名。秦末,项羽坑秦降卒 20 余万于此。

〔丑奴儿令〕
硖石①道中

车如旋磨人如蚁。万折千盘，万折千盘，铁换轮蹄客未还。
劳生自怨无奇骨。不耐关山，不耐关山，枉说人间道路难。

过张茅②

无以为家笑我归，投林倦鸟苦偷飞。
二陵风雨双蓬鬓，两戒河山一布衣。③
缩地田园来咫尺，祈天日月照庭帏。
梦中真个还乡乐，昨夜依稀扣板扉。

过渑池秦赵会盟处

游子思亲万里情，浑忘夷险重行行。
青山似我长途瘦，白发欺人壮岁生。
剽客相逢都揖让，黄河作伴不凄清。
会盟台畔萧萧月，笑汝归秦失旧盟。

---

① 硖石，即硖石山，在今河南陕县东南硖石镇。
② 张茅：即河南陕县东 25 千米的张茅镇。
③ 两戒河山：泛指我国南北河山之界限。唐代僧人一行提出我国地形的特点：可划南北两戒：北戒甘陕高原至辽海，南戒川鄂湘赣至广福。戒，犹界。两戒，指南戒和北戒。

车过灵宝[1]

路近潼关笑口开,乌头未白得归来。
南经制作庐陵墓,北去苍茫望子台。
师友凋零心更苦,家山迢递梦先回。
莱衣默祝天如愿,劫后难言转自哀。

函谷题壁补前作[2]

片云飞去又飞还,眼底雄关亦等闲。
书剑萧萧惊岁月,恩仇种种指河山。
城荒霸气千年尽,地陡残阳一瞬间。
吊古怀人诗待补,三年风雨鬓毛斑。

省亲出关

太华云开落彩虹,西风送我出关东。
月明峡石嘶征马,雪暗张茅叫断鸿。
枯木寒鸦皆画稿,残山剩水一髯翁。
二陵休堕秦人泪,战血千年蚀土红。

---

[1] 灵宝:在河南西部,邻接河南、陕西两省。
[2] 此民国纪年前数年两次入陕之作。

己酉三月二十六日
《民呼报》出版示谈善吾①

大陆沉沉亦可怜，众生无语哭苍天；
今番只合殉名死，半壁江山一墓田。

舟入马关②

苍翠湾复湾，舟行入马关。
红旗翻碧海，白浪拥青山。
痛定行人血，羞开壮士颜。
况兼亡国恨，触处泪潸潸。

新安怀古

埋恨茫茫降子弟，欺人种种莽英雄。
城南鬼哭知何罪？伯业天亡论不公？
石子涧前流水赤，烂柯山畔土花红。
乘时我欲为汤武，一扫千年霸者风。

---

① 谈善吾：江苏无锡人，曾任《民呼报》笔政。
② 1909年作者在上海创办的《民呼日报》被迫停刊，又创办了《民吁日报》，表示即挖去双眼，亦无所畏惧。不久又遭查封，作者再度入狱，出狱后，二次东渡日本。舟入马关，触景生情，因有此作。

再过灵宝

岁暮关河亦可哀,某年今日也曾来。
家山在望春晖好,雪涕重过思子台。

〔丑奴儿令〕
灵宝道中吊妹仲华[①]

沉吟往岁留题句:字也分明,恨也分明;泪湿关河百感生。
今来更有伤心事:兄也飘零,妹也凋零,木落天寒雁一声。

入 关

虎口余生再入关,乌头未白竟生还。
垂青无几灞桥柳,鼓掌一人太华山。
慷慨歌谣灵气在,忧愁风雨鬓毛斑。
倚闾朝暮知何似,[②]心苦莫论世网艰。

---

① 仲华,即于仲华,先生之妹,嫁于周石笙为妻,先周而亡。
② 倚闾:比喻父母望子归来心切之情。《国策·齐策》:王孙贾之母曰:"汝朝出而晚归,则吾倚门而望;汝暮出而不还,则吾倚闾而望。"

入关省亲

自断此身休问天，余生岁岁滞关前。
逐尘京洛双黄鹄，啼血乾坤一杜鹃。
眼底河山悲故国，马头风雪忆当年。
殷勤致谢关门柳，照见行人莫妄牵。

灞　桥①

吾戴吾头竟入关，关门失险一开颜。
灞桥两岸青青柳，曾见亡人几个还。

月夜宿潼关见孤雁飞鸣而过②

河声夜静响犹残，孤客孤鸿上下看。
大野飞鸣何所适？中原睥睨一凭栏。
严关月落天将晓，故国春归梦已阑。
马鬣余年终有恨，③南来况复路漫漫。

---

① 灞桥：在今西安市东郊，古时两岸多植柳树，亲友相送，常折柳赠别。
② 作者亡命出走，偶见孤雁飞鸣，因赋此诗。
③ 马鬣，即马鬣封，指坟墓封土之状。《礼记·檀弓上》：昔者夫子之言曰："吾见封之若堂者矣，见若坊者矣，见苦覆夏屋者矣，见若斧者矣。从若斧者焉，马鬣封之谓也。"

自新此身休問天餘生永滿向高逐蓬萊洛浦貢鵲啼血乾坤一杜鵑眼底河山悲故國夢頭風雪憶南金殿勤致謝向門柳只見川人不姜童

此民前入閩省親之作稿已失七友人廣西麦煥章先生自洛陽道中抄本

慶瑞老兄正之 于右任
四十四年

〔浪淘沙〕

潼关①感赋

形势望中收,故国神游,纤儿一逝溃齐州。如此雄关难坐守,竖子无谋。
惊鸟再来投,寤寐恩仇,明知不返也难留。天降繁霜人雪涕,白尽乌头。②

出 关

目断庭帏怆客魂,仓皇变姓出关门。
不为汤武非人子,付与河山是泪痕。
万里归家才几日,三年韬晦莫深论。③
长途苦羡西飞鸟,日暮争投入故村。

葬亲出关至阌乡寄程抟九、南雪亭、周定侯与杨吟海先生、周石笙妹丈④

去岁省亲病,潜行入关内。
儿留亲不安,亲老儿莫侍。
今岁复归来,徒洒孤儿泪。
牵车古所哀,守墓今非智。
麻衣殉墓中,匆匆避缇骑。
月明思子台,往来惭无地。
为念诸故人,纳亡多高义。
余生报无时,中夜不能寐。

---

① 潼关,在今陕西,黄河南岸。
② 用文叔问先生句。白尽乌头:《燕丹子》中记载,"丹求归,秦王曰:'乌头白,马生角,乃许耳。'"喻不可能实现,此处反其意而用之,言此次离家肯定能够再回故乡。
③ 三年,一作五年。
④ 阌(wén)乡,河南省西部县名,为豫陕要冲。今并入灵宝市。程抟九与南雪亭、周定侯皆为作者同学,杨吟海为兴平县令,周石笙是作者妹丈。

元宝歌

一个锭,几个命。民为轻,官为重。
要好同寅,压死百姓。气的绅士,打电胡弄。
问是何人作俑,樊方伯发了旧病。
请看这场官司,到底官胜民胜。

偃师①遇雪

重重险阻出崤关,客入胥靡道又巉。
霜叶乘秋迷古路,雪花和泪湿征衫。
中原灵凤毛应满,大泽长蛇吻已馋。
四海烦冤今莫问,只余搔首吊巫咸。②

汜水道中③

落日愁歌薙露行,中原鹤唳客南征。
望中何事添离恨,梦里无端起哭声。
马滑霜蹄残雪散,鸦啼战垒断霞明。
雄关四顾增惆怅,老木参天一雁横。

---

① 偃师:县名,在河南洛阳东。
② 巫咸:为殷代贤臣。
③ 汜(sì)水,旧县名,在河南省中部偏西,现并入荥阳市。

郑州感旧题壁（二首）

一

钩党声销事已陈，余生再到话悲辛。
穷途仆御为知己，客路梅花亦故人。
重叠云山连梓里，零丁涕泪累衰亲。
鸡鸣雪霁长征感，迟暮于郎负此身。

二

亡命重来认旧踪，人歌人哭两相逢。
曾收断骨埋双马，[①]更祝中原起卧龙。
岁晚关前三日雪，月明笛外一声钟。
百年事业吾谁与，师友乾坤卖菜佣。

---

① 作者自注：昔追余时，死二马于途。

安得猛士兮①

大风起兮云漫漫,安得猛士兮守西南。使我片瓦完复完。

昆仑风起兮云变色,安得猛士兮守西北。声撼胡儿消反侧。

东风起兮又朔风,安得猛士兮守满蒙。金戈铁马一英雄。

善哉行

来日大难,口燥唇干。
今日相乐,皆当喜欢。②
经历名山,芝草翻翻。
仙人王乔,奉药一丸。③
自惜补短,内手知寒。
哀哀儿辈,心热衣单。④
月没参横,北斗阑干。
敌兵进门,打电辞官。⑤
欢日尚少,戚日苦多。
诸老威逼,唱万岁歌。⑥
台阁诸公,要道不烦。
参驾六龙,游戏云端。⑦

---

① 此题目借用《大风歌》中的句子。汉刘邦《大风歌》:"大风起兮云飞扬,威加海内兮归故乡,安得猛士兮守四方。"
② 作者自注:记普天同庆。
③ 作者自注:迓行旌。
④ 作者自注:志提灯会。
⑤ 作者自注:哀东事。
⑥ 作者自注:记枢府为各届开欢会。
⑦ 作者自注:记枢府对待资政院。

劝资政议员歌（三首）

一

劝义员，看硃谕。

设官句下忽添"制禄"两个字。

明明以饭桶待大臣，

又何必与饭桶饭碗为仇争闲气。

二

劝议员，再勿动院章，

东引西引不中用。

早些取出烧了罢？又何必歧路徘徊说是参老庆。

山残水剩，糊里糊涂，凭他们赠。

三

劝议员，早回家，回去与婆娘抱娃娃。

日暮途穷，风雪交加。

看冻损蒲柳身材薄命花。

呜呼？莫轻说各国会议史上血如麻。

劝军机大臣歌（三首）

一

劝军机，勿引罪。

明圣天王，代为元老讳。

勿负责任只吃饭，饭吃饱了只去睡。

两眼朦胧，两手只受贿。

也莫管他人民痛、乾坤碎。

二

劝军机，切勿怕，

把这多事的冤家，绑在断头台上杀了罢。

不然拔了他们舌，方免他们骂。

商定了他大不敬的罪名再请假，

霹雳一声从天下。

三

劝军机，手要巧。

宁见义和团，勿教他们扰。

义和团中大师哥，志同道合感情好。

残年风烛挑红灯，半壁河山双玉姣。

噫嘻！管保你把这个锦绣乾坤断送了。

黄花岗歌[①]

黄花岗,黄花岗。
黄花岗上黄花香。
好青年百折不回的造成黄花岗。
黄花岗,就是青年的好战场。
七十二烈士的英魂自堂堂。
黄花黄,
礼国殇!

青年节歌

青年节,青年节。
黄花岗上青年血。
中华儿女,报国的意志坚如铁。
坚如铁,更团结。
小则为豪杰,
大则为圣哲。
学七十二烈士,
与革命者的伟大修洁。

[①] 此两首歌作于何时不悉,据历史背景,特将此诗排在1911年以便大家了解。1911年4月27日(农历辛亥三月二十九日)孙中山领导的同盟会在广州发动武装起义,失败后,死难烈士葬此。黄花岗现为全国重点文物单位。

雨花台①

铁血旗翻扫虏尘，
神州如晦一时新。
雨花台下添新泪，
白骨青磷旧党人。

王旡生以顾亭林诗集为赠因书其后②

沉鳞落羽风云晚，
叹凤伤麟著述多。
世以变风为雅颂，
老犹零雨走关河。
差池南北东西路，
濩落黄农虞夏歌。
为问待庵能待否？③
秦人清议近如何？④

---

① 雨花台：在今江苏南京市城南中华门外，有不少烈士坟墓。
② 顾亭林：即顾炎武，明末清初爱国思想家，初名绛，字宁人，曾自署蒋山佣，江苏昆山亭林镇人，学者称亭林先生。入清不仕，曾参加抗清活动，大声疾呼："天下兴亡，匹夫有责。"后定居华阴，著述甚多，有《亭林诗文集》、《日知录》等。王旡生：名钟祺，笔名天僇生，曾任《神州日报》编辑。
③ 待庵：即王山史，别号待庵，陕西华阴人。
④ 秦人：陕西为古秦国，后世简称陕西为秦，称陕西人为秦人。

心孚属赋孙菊仙①

堂堂旗鼓皤皤老，郁郁精神浩浩歌。
一生知音能有几，百年得誉不须多。
天生瑜亮非真敌，党藉牛羊息沸波。
倘向孙郎询霸业，途穷堕泪唱黄河。

出 京

十年薪胆风云梦，万里河山鼓角声。
怨气千寻仍未解，劳歌一曲不胜情。
何堪西狩伤麟凤，忍见东阿泣豆羹。
我佛无言应一笑，长虹莽莽九州横。

义 旗

存且偷生死更悲，余收尔骨尔尤谁？
平生慨慷争民党，一战仓皇委义旗。
罴虎连营思将帅，流亡载道泣孤嫠。
良心痛苦吾能说，又到鸡鸣午夜时。

---

① 心孚，即康心孚，作者之友。孙菊仙，京剧名家，工老生，曾师程长庚，曾搭三庆、四喜、天庆等班演出，后接掌四喜班，与谭鑫培、汪桂芬齐名，称"老生新三杰"，自成风格，也称"孙派"。代表剧目有《三娘教子》、《逍遥津》、《完璧归赵》、《骂杨广》等。

同卓亭①游箱根飞烟阁

飞烟阁在人何在?来看玉帘急瀑飞。
红树多情春带醉,青山无语泪沾衣。
天涯人老忘途远,故国花开有梦归。
惆怅名园盈尺鲤,早防钩饵早知机。

同渔父②作

勾践执戈为洗马,蕲王释甲竟骑驴。
新蒲新柳居然大,人虎人龙更不如。
风雨多愁招故鬼,湖山有幸结精庐。
最怜王寿梵书舞,忽羡刘伶托酒车。

过南京诗（四首存二）

一

燕去堂空甲第荒,最伤心是大功坊。
犹传立马钟山日,开国威仪动万方。

---

① 卓亭,即茹卓亭,名欲立,陕西三原人,幼与作者同学,曾东渡日本,加入同盟会。中华人民共和国成立后,任西北检察署副检察长、全国政协委员等职。

② 渔父：宋教仁号,湖南桃源人,近代民主革命家。1913年3月国会开会前被袁世凯指使赵秉钧派人刺死于上海。此诗为作者与其同游西湖时作。

二

虎视龙兴一瞬间,鸡鸣不已载愁还。
江山冷眼争迎送,人去人来两鬓斑。

再过南京[①]（七首）

一

虎掷龙拏一瞬间,杜鹃声里载愁还。
江山自有闲忙日,莫话输赢两鬓斑。

二

短筑无声漫倚楼,凄风苦雨遍神州。
先生自分愁中老,泪眼湖山吊莫愁。

三

燕去堂空甲第荒,最伤心是大功坊。
犹闻立马钟山日,开国威仪动万方。

---

① 此诗后期于右任先生有改动,为便于读者了解,仍将原作刊出。

四

十万人家动地哀,乱余先见野花开。
莫愁湖畔英雄骨,乞得佳人冷炙来。

五

锦绣江山几战场,痕深水火又玄黄。
雨花台下添新冢,远近高低尽国殇。

六

牙旗玉帐拥金娥,跋扈将军礼数多。
一统乾坤分两戒,临风雪涕渡淮河。

七

山围故国英雄逝,泪湿新亭议论多。
再造乾坤吾老矣,中流击楫一悲歌。

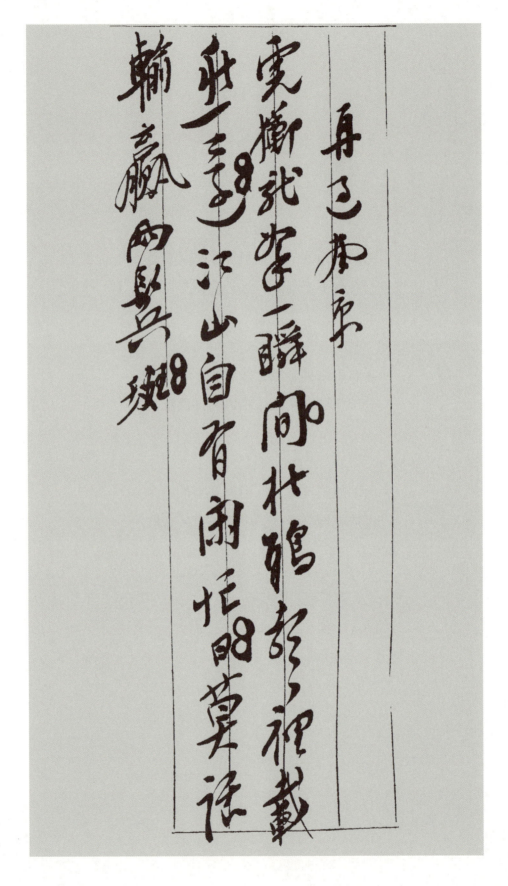

再至南京

虎衙龙穴一瞬间,北鸦南鹊里,载一轻江山自有闲忙,输赢两灵斑。

题宋墓前曰：呜呼宋教仁先生之墓[①]

当时诅楚祀巫咸，此日怀殷吊比干。
片石争传终古恨，大书留与后人看。
杀身翻道名成易，谋国全求世谅难。
如斗余杭渔父篆，坟前和泪为君刊。

酒后有怀井勿幕、王麟生、程抟九[②]

重来话旧倍销魂，尘起秋风渍泪痕。
欲寄缠绵无好信，不堪惆怅又黄昏。
迎阶花放思君子，未老途穷念故园。
愁到闲鸥天亦醉，苍髯如戟看中原。

出彰仪吊茹怀西

转眼沧桑又一年，嗟予后死益凄然。
九原莫道人情薄，老友吞声送纸钱。

---

① 宋教仁先生遇害后，公葬上海。余杭章炳麟先生在北京入狱，篆"渔父"二大字。右任先生得之，镌于宋像石座。宋先生为《民立报》撰文，自署桃源渔父。于右任先生写《宋教仁先生石像后题语》云："先生之死，天下惜之；先生之行，天下知之；吾又何记？为直笔乎？直笔人戮？为曲笔乎？曲笔天诛？于虖？九原之泪，天下之血，老友之笔，贼人之铁？勒之空山，期之良史，铭诸心肝，质诸天地"。于右任先生撰语，康宝忠书字。

② 井勿幕：陕西蒲城人，原名泉，号文渊，后改为勿幕，曾加入同盟会。1909年返陕，响应辛亥革命，曾参加护国运动。后继胡景翼任靖国军总指挥，1918年11月在陕西兴平县（今兴平市）被杀害。王麟生、程抟九，注见前。

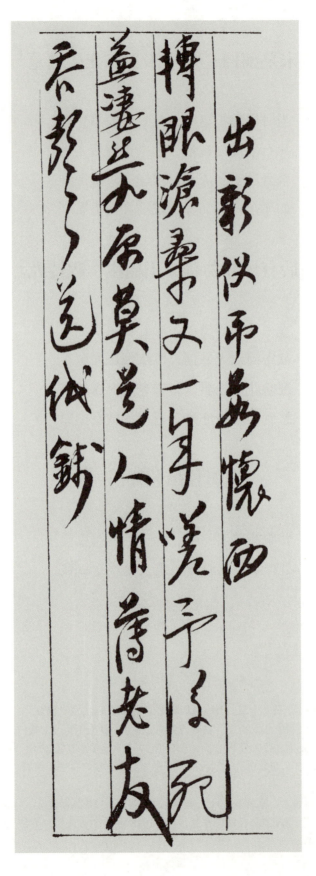

五月五日游三贝子花园[①]（二首）

一

忍泪看天哽不言，行吟失计入名园。
美人芳草俱零落，独倚残阳吊屈原。

二

佳节凄凉愁里过，杂花婀娜雨中鲜。
天涯老友今头白，手抚遗松一泫然。[②]

夕照楼雨后题壁（书赠高友明）

雷雨连霄渐送凉，小园花木转青苍。
神州旧主萧条甚，夕照楼前看夕阳。

寄陕州张子厚

酒罢乌乌兴欲飞，秋风乍起客思归。
新诗直为何人寄，函谷关前一布衣。

[①] 三贝子花园：又名万牲园，位于北京西城区西直门外大街，明为王室庄园，清为皇帝、勋臣傅恒三子福康安贝子的私人园邸，俗称三贝子花园。1955年更名北京动物园。

[②] 遗松：作者自注："宋所植树。"

题宪法起草委员会墨迹（四首）

一

星散局翻剩劫尘，神州闻道又伤麟。
书生莫望天坛哭，附凤攀龙自有人。

二

生死升沉尚可稽，忠奸贤佞自难齐。
祈年殿上休回首，大好河山日已西。

三

失计阿谁倒太阿，渔人网集又张罗。
玄黄水火成何济？徒为苍生负痛多。

四

移植香兰岂易开，党人何事便心灰。
金牛宪典盈天下，尽是英雄血换来？

与友人过天安门

我亦徘徊不忍行,黄尘清水若为情。
天安门外花凄艳,肠断词人认马缨。

社稷坛① "五七"国耻纪念大会

痛定才闻说怨恫,血书张遍古坛中。
名花委地惊离泪,老木参天战烈风。
揖让征诛成鹿梦,玄黄水火有渔翁。
最伤心是西颓日,返射宫墙分外红。

出 京②

泪渍征衫墨似缞,大风吹散劫余灰。
穷途白眼亲兼旧,归路青天雨又雷。
几见神龙愁失水,始知屠狗少真才。
无端宣武门前啸,声满人寰转自哀。

---

① 社稷坛:在今中山公园内,原为祭祀社(土地神)稷(五谷神)、祈祷丰收的场所。
② 二次革命失败后,作者亡命日本,归国后到北京,离京时写了这首诗。

出京

淋漓征衫墨似瑶，一尊吹散却
厌家逢白眼新五旧青天
西江笔阵翻龙蛇小试吾肩
狗吠牛鸣端宣武门乃博
满人寰对自亰
社稷坛去觅

时对日产伤生耿耿都
人欲生坛中向他拿
寄也

再过南京杂诗（四首）

一

大好河山作战场，几经水火几玄黄。
雨花台下添新冢，①远近高低尽国殇。

二

满目疮痍莫倚楼，凄风苦雨遍神州。
先生自分愁中老，泪眼湖山吊莫愁②。

三

十万人家动地哀，多情处处野花开。
莫愁湖畔英雄骨，③乞得佳人冷炙来。

四

山围故国人何在？泪湿新亭客更多。
再造神州吾未老，是非历历指山河。

---

① 雨花台：在今江苏南京市城南中华门外。
② 莫愁：古美女名，传为石城人。《乐府·河东之水歌》："莫愁十三能织素，十四采桑南陌头，十五嫁为卢家妇，十六生儿字阿侯"。此以莫愁指民家之妇。
③ 莫愁湖：在今江苏省南京市西南。

赠搏沙

寄语王郎莫我哀,中原秋好请登台。
太行山下闻搏饭,饭熟先招老友来。

寄新画扇斋主人(三首)

一

浪迹京华恨有余,万花如海闭门居。
梦中忽忆前宵事,红袖添香抱授书。

二

浓蛾点黛醉香唇,鬓影春风两地身。
北望冰轮南望雁,画中人是月中人。

三

玉印香修本事佳,谢山遗稿是风怀。
人间两美无端合,艳福翻新画扇斋。

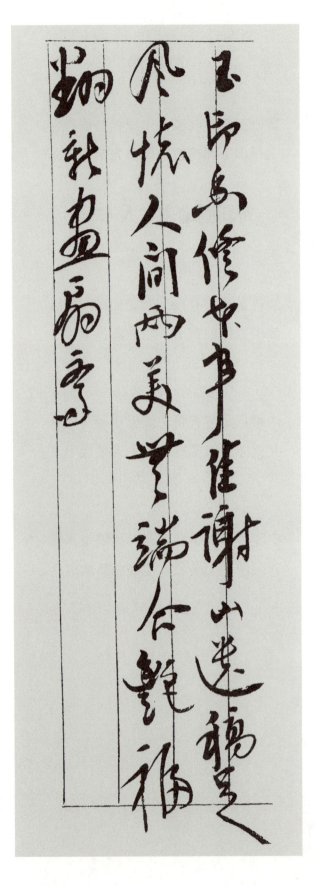

阳鸟一首　步荞麦章韵

阳鸟南飞岁渐徂，重来乍见海将枯。
才知伯道真无子，始信罗敷自有夫。
庙社犹闻孤寡泪，幽燕又是帝王都。
攀龙附凤多英俊，射虎人才果有无。

读　史

鲸鬣忽翻四海波，书生叩马意如何。
末流词赋风人少，乱世奇才狗盗多。
仙佛无灵看剑戟，恩仇有价指山河。
明年寒食今年醉，愁听西陵薤露歌。

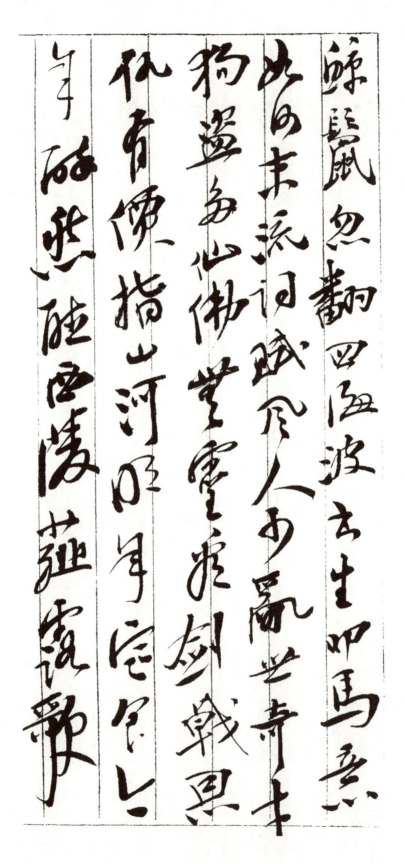

吊杨守仁笃生（五首）

一

潮涨潮平信有因，花开花落总无尘。
文章到底成何用？不哭秋风转哭春。

二

乱余宾客搜亡命，赦后英雄耻故乡。
不信遗民阁古古，万千劫外看沧桑。

三

蹈海魂归尚涕零，义兼师友泣湘灵。
阿兄殉国全家烬，老母扶尸不忍听。

四

文宪中原野史亭，百年恩怨倘分明。
党人休望黄流哭，几个书生赠上卿。

五

日暮谁挥一旅戈，东南鹤唳足风波。
海边精卫冤禽满，梦里国殇死友多。

为阴西题望墓图（二首）

一

蛇儿年又马儿年，
过客警心感岁迁。
无地埋忧天不管，
伤心休再问苍天。

二

五万年来几劫痕，
神州何处再招魂。
夕阳回首一弹指，
衰草寒鸦遍墓门。

为一亭画和尚

千岩万壑画家禅，
远听钟声近听泉。
大事西来仍未了，
名山一钵待谁传。

题王一亭①为余画像（二首）

一

零雨东山又一时，回头莫遣百年悲。
于思似我还非我，独立苍茫有所思。

二

歌哭无端不世情，蒙戎匍匐惜先生。
沧桑几度人将老，一种伤心画不成。

题精忠柏

破碎精忠柏，参天气不零。
在人为武穆，于树配冬青。
有节皆如石，无香亦自馨。
还悲同殉国，移奠接英灵。

---

① 王一亭：浙江吴兴人，民初著名画家，时居上海。

零落东山又一时,西飞燕子远方。
手把于思似手足,死不去。
芳花不思。

于右任题画于髯像
赵王二子

君马黄

君马黄,我马白。听妾歌一曲,花间洛阳陌。
花艳似妾艳,妾艳如郎面。蝴蝶舞回风,杨柳摇金线。
双双如玉人,夹毂会相见。相见不相亲,离时复悲恋。
再见渺难知,低头空泪垂。夜夜偏有梦,春风入罗帏。
妾本良家子,郎非轻薄儿。韶华徒自误,老大翻伤悲。
寄语少年子,令毋旷佳期。

吊沈缦云[①]

同遭伤心祸,难为后死身。
招魂千万里,堕泪往来人。
禹甸天方晦,湘累痛未湮。
更深知己感,北望哭江滨。

[①] 作者自注:沈君,名懋昭,余办《民呼》、《民立报》时,多得助力。编者按:沈缦云(1869—1915)江苏无锡人,原名张祥飞,清末举人,曾出任财政部长,主持成立中华银行,1913年二次革命失败后,亡命大连,1915年7月23日被袁世凯派人暗杀。

津浦道中

绮阁琼楼别有春，青青草色与时新。
如何脯凤醢龙后，尚祝齐州产圣人？

民立七哀诗①（七首）

一

不遑将母生投海，无以为家死伴兄。②
地老天荒魂返否？义兼师友哭先生。

——长沙杨守仁笃生

二

清才雅藻世无伦，别有伤心号僇民。③
犹记先生临去语，枉抛心力作词人。

——江都王毓仁④先生

三

檄书求客欲亡秦，独仗精诚感党人。
一死于今关大计，东南半壁永沉沦。

——合肥范光启⑤鸿仙

---

① 作者自注：哀民立报社社友也。
② 作者自注：君母尚在，兄德邻为袁所杀。
③ 作者自注：君自号僇民。
④ 王毓仁：江都（今江苏扬州市）人，民立报同人。
⑤ 范光启：安徽合肥人，号鸿仙，笔名孤鸿，民主报同人。1914年在上海被害。

四

黄农虞夏真无望,水火玄黄讵有期?

地惨天愁人亦瘁,延陵墓上哭多时。

——桃源宋教仁钝初

五

仗义扶危感一生,三民终奏大功成。

青蝇墓上今犹昔,辽海魂归有哭声。

——无锡沈懋昭缦云

六

不哭穷途哭战场,耗尽心血一徐郎。①

九京应共冤魂语,黄土无情葬国殇。

——金坛徐天复血儿

七

十年薪胆余亡命,百战河山吊国殇。

霸气江东久零落,英雄事业自堂堂。

——吴兴陈其美②英士

---

① 作者自注此句"君死时,常诵查初白此语。"编者按:初白,即清代诗人查慎行(1650—1727),浙江海宁人,字悔余,号白初老人,康熙四十二年(1703年)赐进士出身,授编修,后先假归,其诗学苏陆,局度精整,格调老成。

② 陈其美:浙江吴兴人,字英士。1906年加入同盟会,后在上海创办报刊。1915年发动肇和兵舰起义受挫,1916年5月18日被北洋军阀派人刺死于上海。

汴洛道中

中原豺狼满，客又洛阳行。
大漠随车转，雄关入眼平。
风云迟季子，肝胆托侯生。
清水黄尘外，无劳问战争。

崤函道中（四首）

一

黄河几折绕函关，关上行人匹马还。
万点寒鸦天欲暮，飞投对岸中条山。

二

凭轼行人感不消，崤函归路日萧条。
材官几个迎桃叶，春雨何时润麦苗？

三

开国争传血战功，名伶殉国古无同。
老来文字杂歌哭，驻马函关吊小红。①

四

偶听乡词惨不欢，盲翁生长古王官。②
流离负鼓关门外，泪湿河山糊口难。

---

① 作者自注：小红，姓李，为关中名武旦，元年战死函谷关。
② 古王官：古地名，即中条山王官谷。在今山西芮城县西北，虞乡县南。

潼关道中（二首）

一

慷慨同仇有古风，开关几次出关东。
河声岳色天惊句，写出秦人血战功。

二

世乱争雄为要害，时平设险亦严疆。
桃花红雨梨花雪，飞去飞来傍战场。

二华①道中（二首）

一

振臂一呼十五年，风云子弟各争先。
如何失国王山史，②苦劝人耕华下田？

二

自古争传耕战场，买刀卖犊亦寻常。
亭林老作关前客，③辜负关前泪数行。

---

① 二华指陕西华阴、华县。1917年作者经过此地怀念当年顾亭林先生的事迹而作。
② 王山史：即王宏撰，字无异，号山史，又号待庵，明末华阴人，历任巡抚、南京兵部侍郎。入清不仕，结庐华山北麓，研究洛、闽理学。昆山顾炎武来访，即住于他家。康熙四十一年卒于家。宏撰与其兄宏学、宏嘉，明亡后俱隐居，士林称为华阴三士。
③ 关前客：顾炎武定居华阴，笃志著述，于康熙二十年（1681年）卒。因华阴地近潼关，所以称之为关前客。

昭陵石马[①]歌

秦王百战一华夏，诏起山陵九嵕下。
陪陵诸将尽元功，侍立名王均降者。
从征六骏惠养难，飞矢被体存者寡。
图形勒石戟门前，想见英雄与名马。
嗟余垂老搜遗遍，去国十载方南旋。
盗贼兵火文物毁，劫灰又到昭陵前。
陵中铁匣虽出土，陵前石马还留踪。
气吞三山飒露紫，手拔流矢邱行恭。
黄质黑喙拳毛䯄，身中九箭伤如麻。
可怜千百载古刻，将军捆载酬豪家。[②]
余者青骓特勒骠，白蹄乌与什伐赤。
追风骏足多伤残，伤残莫保尤足惜。[③]
将军战败东出关，黄金骏骨购不还。
抱残守缺图书府，才移名物藏名山。
杨君老去丁君死，拓石关中无名士。[④]
悬金四访莫敢应，龙种王孙攘臂起。
奕奕生气毫厘见，英姿飒爽犹酣战。
似听铙吹耳生风，如闻鼙鼓血流汗。

---

① 昭陵石马：指唐太宗墓昭陵，陵前有六匹石刻马，史称"昭陵六骏"，其中的"特勒骠"（实应为"特勤"，新旧《唐书》误作"特勒"）为黄色，是李世民打败宋金刚的坐骑；"青骓"为苍白杂色，是李世民平定窦建德的坐骑；"什伐赤"为纯赤色，是李世民出战王世充、窦建德的坐骑；"飒露紫"色紫燕，是李世民与王世充交战时的坐骑；"拳毛䯄"为黄马黑喙，为李世民平定刘黑闼的坐骑；"白蹄乌"除四蹄外周身纯黑，为李世民平定薛仁杲的坐骑。可惜其中的"飒露紫"和"拳毛䯄"，被外国人盗去，其余四骏现在西安碑林博物馆。昭陵是唐太宗李世民的陵墓，在陕西省礼泉县东北22.5千米处的九嵕山。

② 陆建章私运出关，赠要人。

③ 马足多伤。

④ 杨君石斋，丁君辅仁，皆为关中拓石名手。

当年控弦角力数十雄，驰驱中原如奔电。
只今失群翻首复腾骧，蝉翼遗法开生面。
画工可是右相阎，殷欧名笔惜不见，
伤今吊古几摩挲，回首神京重闻乱。
噫吁嘻？
陵前晚照红复红，凤鬵龙翔剩閟宫。
太白山头君休望，龙媒一逝群为空。
精卫英灵呼欲起，风云会合连钱骢。
长驱铁骑数十万，蹴踏大陆除群雄。
呜呼？
安得长驱铁骑数十万，蹴踏大陆除群雄？

继石马歌而作

天策将军乘六龙，威凌八阵走群雄。
纷披矢石曾酣战，摹勒山陵为报功。
生系降王关内外，死陪勋旧阕西东。
欧殷秉笔阎公画，名迹当年照九嵕。

赠茹卓亭

春雨春风海又桑,桥头酒熟百花香。
功名昆季羞为伍,黄犬东门茹二郎。

吊卢慧卿①

落凤朝阳一再惊,东南日暮复西征。
入关知旧多零落,礼罢国殇吊慧卿。

过 渭②

十五年来梦一场,神州回首几沧桑。
先生老作江南客,何事伤心到故乡。

江舟有感

孤客西来风又起,大江东去月常明。
曾经武汉伤心地,时听鱼龙弄水声。
逝者如斯行载酒,埋愁何处妄谈兵。
小姑嫁后归宁未?陌上花开忆旧盟。

---

① 卢慧卿:张聚亭夫人,陕西省长安县(今陕西省西安市长安区)人。张奔走革命时,给予其很大帮助,死后葬于长安。
② 渭,一般指渭津,在今陕西咸阳市东北聂家沟南渭河上。

海上寄怀京友

画采云车梦里春,输君冷眼看京尘。
天荒地老神州泪,闲煞江南卖字人。

辛亥以来陕西死难诸烈士纪念碑辞①

大野伤麟,朝阳落凤。目极神州,忧来复恸。
哀哀三秦,②前后百战。垂老还乡,陵谷几变。
凭高吊古,惟念国殇。但为君故,泣下数行。
雨雪北门,天道宁论?山南山北,何处招魂。
英雄万骨,塞潼关道。咸阳原上,膏血野草。
万劫周回,万灵环绕。万朵黄花,香连岭表。
丰碑参天,人伦此爱。岳色河声,并峙千载。
诚铸国魂,血化时代。西北人豪,精神如在。

---

① 1915年5月作者自沪返陕,与井勿幕、茹欲立、李元鼎等策划军事,响应西南的"护法运动",并以四言诗体式为辛亥以来殉难烈士写了碑文。
② 三秦:指陕西。项羽分秦地关中为三:咸阳以西封秦降将章邯为雍王;咸阳以东封司马欣为塞王;陕西北部封董翳为翟王。合称三秦。

归里过汾河①

我亦横汾感逝波,故园消息近如何?
夕阳西下无来雁,匹马南归竟渡河。
道远车悲虞坂峻,②云开雨傍太行过。③
山川满目今犹昔,后土祠前祷且歌。

夹马口吊樊灵山宋相臣④

樊宋英魂渺何处?马前风雨恨难消。
河东一战如何记?洒洒黄流唱大招。

吴王渡⑤

风鹤惊心渡不开,角声飞上禹王台。⑥
老翁家住黄河岸,曾说秦兵几次来。

---

① 此为于右任先生由上海北归主持陕西靖国军事途中所作。
② 虞坂:又名盐坂,在今山西平陆县东北。
③ 太行:即太行山,绵亘今山西、河南、河北三省界。
④ 樊灵山,宋相臣,皆陕西耀县(今铜川市耀州区)人,在日本入同盟会,归国后举义,成立陕西军政府,1917年以讨伐张勋随郭坚出河东,遭袭击。宋死于万泉高碑庙,樊被捕于闻喜县北,死于太原。夹马口:在山西运城临猗县西北黄河东岸,为当时东征集师处。
⑤ 吴王渡:黄河渡口名,在山西临猗县西,因吴、王二姓居此,故名。
⑥ 禹王台:在河南开封市东南郊。

禹门渡①

禹庙东西并赛神，禹门三日滞行人。
护巢苍隼愁缯缴，扑面黄沙杂战尘。
天地平成终有待，鱼龙寂寞恐非真。
吕梁山上夕阳好，返射凿痕迎眼新。

宜川②道中

隐隐黄河线一痕，马前东望日将昏。
风云晋塞连秦塞，波浪龙门接孟门。
高祖山头余破庙，将军台上只荒村。
川原如锦人如醉，遍地花开不忍论。③

夜宿宜川读县志

盈野荨麻欲刺天，孤城小住日如年。
将军族贵分茅土，④公主园荒税粉钱。⑤
要塞空闻屏上郡，黄河多事下三川。
七郎山上凄凄月，独照愁人夜不眠。

---

① 禹门渡：又名龙门，在山西河津市西北和陕西韩城市东北，相传为夏禹所凿。
② 宜川，县名，在陕西省中部偏北，东隔黄河，邻接山西省。
③ "遍地"二字，亦作"罂粟"。
④ 宜川为唐代将军浑瑊封土。
⑤ 往代某公主赐地邑中，故税课相沿有粉钱。

隐隐黄河线一痕,马前东望日将昏,风尘莫叹空遗迹,浪说为徐不为秦,高祖山河仍破庙,将军台下只荒村,川原如锦人如蚁,偏地花开不忍论

于右任

民七宜川道中作
丙十年元月

延长感事诗

山下为城山上塞,屏山如黛翟流黄。
开天事业穿油井,乱世功名产义王。
行客有心皆涕泪,居民无日不警惶。
可怜上下千余里,独是秦人安乐乡。

延长纪事

山下为城山上塞,疲驴破帽过延长。
开天美利穿油井,乱世降儿产义王。①
戍卒一年三溃散,居民十室九逃亡。
故人高烛频相赠,②金锁关南照故乡。

延长至延安道中

濯筋河畔草迷茫,故事居民语不详。
箫里鸣蝉山谷响,柳阴系马水泉香。③
世无韩范真儒将,地是金元旧战场。
兵火连年人四散,平川历历上田荒。

---

① 作者自注:指孙可望。
② 作者自注:由云飞君以延长矿中所出大烛相赠。
③ 作者自注:"土人呼丛林为□林。"

问道桥山①

皇祖威灵我欲攀,西征问道礼桥山。
弥天风雨伤今日,垂老崎岖过此间。
云起昆仑迷圣迹,弓悬涿鹿识无颜。
干霄翠柏摩抄遍,挂甲何人亦等闲。

与王子元谒桥陵遇雨②

路下雕阴湾复湾,鸾翔凤翥见桥山。
弥天风雨伤今日,垂老崎岖过此间。
独创文明开草昧,高悬日月识天颜。
干霄古柏摩挲遍,挂甲何人亦等闲。③

题张木生④君手拓昭陵石马

六骏失群图尚在,追怀名迹感无穷。
纷披矢石因酣战,摹勒山林为报功。
生系降王关内外,死陪勋旧阙西东。
传神赖有张公拓,犹似当年照九嵏。⑤

---

① 黄帝陵位于陕西省黄陵县桥山之巅。
② 王子元:名玉堂,为当年陕西靖国军派赴上海迎作者回陕任总司令的专使。桥陵在陕西省黄陵县桥山,传为黄帝衣冠冢。
③ 挂甲:黄帝庙内有一柏树多小孔,密攒如钉凿,传为汉武帝上陵时挂甲处,故名挂甲树。
④ 张木生,陕西耀县(今铜川市耀州区)人,三原正谊书院学生,作者旧友。
⑤ 九嵏山,在陕西省礼泉县东北22.5千米处。

题于鹤九^①画

中渭桥前大麦黄,将军作势取咸阳。
吾家老鹤真潇洒,驻马河干画战场。

吊井勿幕^②

十日才归先轸元,英雄遗憾复何言?
渡河有恨收群贼,殉国无名哭九原。
秋兴诗存难和韵,南仁村远莫招魂。^③
还期破敌收功日,特起丘陵拟宋园。

---

① 于鹤九:名鸣皋,陕西淳化县人,时为靖国军总部参议。
② 1918年11月21日井勿幕被难兴平县(今兴平市)之南仁村。
③ 秋兴诗:据王陆一笺:井勿幕"七年居陕,赋诗八首,步少陵《秋兴》韵,题曰《秋感》。"南仁村:在陕西兴平市西南,为井勿幕殉难处。

家祭后出城有怀勿幕

云暗关门间道回，戎衣墨绖鬓双摧。
何堪野祭还家祭，不独人哀亦自哀？
桴鼓经年空涕泪，河山四战一徘徊。
东征大业凭谁共？唤得英灵去复来。

春　雨

悯乱天偿雨一犁，饥鹰啄凤事难齐。
相期天地存肝胆，犹见关山动鼓鼙。
河汉声流神甸转，昆仑云压万峰低。
花开陌上矜柔艳，勒马郊原路不迷。

高陵道中[1]

雪后高陵道,平原剪剪风。
新坟春草碧,故垒夕阳红。
高骨元戎马,号天四野鸿。
老兵莫垂泪,不日定关中。

郊 行

芳草复芳草,战场连战场。
自然生涕泪,何况见流亡?
麦槁天无雨,坟增国有殇。
炊烟添几处,讵忍说壶浆。

闻乡人语

兵革又凶荒,[2]三年鬓已苍。
野犹横白骨,天复降玄霜。
战士祈年稔,乡民祭国殇。
秦人尔何罪?杀戮作耕桑?

---

[1] 高陵:县名,在陕西省中部。
[2] 凶荒:1919年9月至1920年3月,陕西大旱,庄稼颗粒未收,而兵战不息,军民皆以为苦。

出游唐园①

名园千载今余几？几代名人来看花。
老木参天巢鹳鹤，长藤踞地走龙蛇。
谁驰百战玄黄马，莫打三春子母鸦。
菜子花香麦生浪，宜人美景是农家。

唐园和李子逸②韵

兵革凶荒酒一杯，万花如锦泪频催。
名园落寞春犹到，贤主飘零客始回。③
壁上题诗羞认旧，池边照影恐生哀。
红梅曾识江南艳，不为朔风竟晚开。

唐园归途子逸索诗

结轨游城北，田园兴倍长。
春寒麦苗瘦，日暖菜花香。
歉岁苍鹰饱，归途饿马强。
诗成招白也，为我一评量。

---

① 唐园：唐李靖别墅，在三原城北东里堡外，时名半耕园，又名南园。园主刘子康是于先生旧友。李靖，唐京兆三原（今陕西三原县）人，精熟兵法，征战四方，以功封卫国公。
② 子逸：名元鼎，陕西蒲城人，时为靖国军总司令部秘书长。
③ 园主刘子康新自南归。

《广武将军碑》复出土歌赠李君春堂①

宇内符秦碑，邓艾与广武。
邓碑在蒲城，完如新出土。②
广武将军不复见，著录谓在宜君县。
碑版规模启六朝，寰宇声价迈二爨。③
僧毁化度鬼犹哭，雷轰荐福神应眷。④
七年跃马出山城，披荆斩棘搜求遍。
老吏为言："久无踪，前朝敝邑有悬案；
愙斋学使驻征轺，⑤雷霆万钧征邦宪。
小民足茧山谷中，顽石无言留后患。"
又云："上郡石理粗，⑥日消月烁或漫漶。
不然父老畏差徭，或埋或弃或掊断。
自从改革兴兵戎，如毛群盗满关中；
天荒地变文物烬，存者难保搜何功。"
我闻吏语增悲哽，仗剑归来结习屏。
李君忽出碑一通，部大酋大字完整。
惊询名物何处来？为道新出白水境。
出土复湮百余年，金石学者眼欲穿。
昔人误记后人觅，掘遍宜君郭外田。

---

① 此诗作于1920年。作者自注：时李君以畏谗，研究古物，居鲁桥家中。《广武将军碑》，全称《前秦广武将军孙口产碑》。字体为八分书。前人著录误以为在陕宜君县，相传已佚。1920年访得于陕西白水县史官村山麓仓圣庙中，今移存西安碑林博物馆。
② 邓碑：指邓太尉碑，又名《修邓艾祠碑》。
③ 二爨：《爨龙颜碑》和《爨宝子碑》，合称二爨。
④ 化度：指化度寺碑，欧阳询楷书。荐福：指《荐福碑》，欧阳询书，原在江西饶州荐福寺。该碑曾遭雷击毁。东坡《穷措大诗》曰："一夕雷轰《荐福碑》。"
⑤ 愙（kè）斋：即清末金石、文字学家吴大澂，别号愙斋。
⑥ 上郡：郡名，今陕西西北部及内蒙古鄂尔多斯市一带。

我与贤者别离久，持赠真如获琼玖。
中夜绕屋起徬徨，疑似之际频搔首。
世事新潮复旧潮，知君身世恨难消。
何堪回首添新泪，不尽伤心唱大招。
凄其朋友余僧子，寂寞家山念鲁桥。
吾闻至人在天下，入水不濡火不化。
亦犹至宝藏山阿，千年出土光腾射。
偶作无益遣有涯，莫抛心力矜插架。
松谈阁主学郭髯，敦物山人比赵大。①
君不见，
士礼居中宋一厘，拜经楼上元十驾。②
匋斋簠斋并散遗，天一结一近论价。③
云烟过眼有何常？出入半生我乃罢。
老见异物眼复明，现身说法君休讶。
歌成为君更放歌，关中金石近如何？
石马失群超海去，宝鼎出现为贼讹。④
慕容文重庾开府，道家像贵姚伯多。⑤
增以广武尤奇绝，夫蒙族人文化堪研磨。⑥
戎幕风凄日色黄，西北秋老剑生霜。
年荒时难人憔悴，岂徒掩卷悲流亡？
珍藏半半楼中物，一一担挑换米粮。

---

① 松谈阁：清代关中藏书家郭允伯的藏书楼。郭髯，即郭允伯。敦物山，即敦物山人，为明代陕西周至县赵崡的别号。赵崡，字子函，万历举人，收藏旧碑甚多，编为《石墨镌华》一册。
② 士礼居：清人黄丕烈的书斋名。拜经楼：清人吴骞的藏书楼。
③ 匋斋：指端方，满洲正白旗人，托忒克氏，字午桥，号匋斋，喜好金石文字，收藏亦多。簠斋：指陈介祺，山东潍县人，字寿卿，号簠斋，道光进士，好收藏石文物，有《簠斋金石录》。天一，即天一阁，坐落在浙江省宁波市月湖之西的天一街，原为明兵部右侍郎范钦的藏书阁处。结一，即结一庐，为清咸丰时仁和朱澂藏书楼名，有《结一庐书目》。
④ 失群超海：指昭陵六骏中的"拳毛騧、飒露紫"二骏，被盗往海外。
⑤ 慕容文，指咸阳出土慕容恩碑，乃庾信撰文。庾信博览群书，文名甚盛。
⑥ 夫蒙族：当为氏族，其远祖在先秦时代即已与中原各族相交往。

二月二日与俊夫、祥生、子中、协度、仁天、江澄、孟滨、春堂、子逸诸君游高陵①城东三阳寺。寺旧有学校，今废矣

载酒三阳寺，寻碑兴倍增。
民穷先废学，庙破竟无僧。
造像搜频得，浮图倦未登。
归途书所见，哀雁过高陵。

为程星五题文文山诗轴②

肃穆瞻文墨，艰危见性情。
公曾全大节，我亦抚饥兵。
声伎同知悔，茅檐尚不惊。
丈夫自勤事，何必计前程。

---

① 高陵：地名，在陕西省三原东南，西安市的西北。
② 作者自注：程星五守交口，得文文山诗轴。写诗云："江黑云寒闭水城，饥兵守堞夜频惊。此时自在茅檐下，风雨安眠听柝声。"编者按：此诗《文山集》中未载。文文山：即文天祥，字宋瑞，又字履善，号文山，吉水（今江西吉安）人。他不仅是南宋末年著名的民族英雄，也是成效很高的诗人。程星五，即程光奎，字星五，靖国军末期，任第三路曹世英部第一支队第三营营长。

和于鹤九①《中秋望月》诗步韵

余子君犹上下床,当年跃骏气难量。
早知关内声名大,何事山中岁月长。
班史昔曾讥马史,越王今忘报吴王。
可怜佳节云遮月,和韵诗成为补亡。

张木生君得孟十一娘墓志,后有李敬恒先生书浩然堂诗并序,皆明丽可诵,诗以纪之②

荒凉古月照陈仓,片石犹传十一娘。
我读题诗应搁笔,风流欲访浩然堂。

纪《广武将军碑》

广武碑何处?彭衙认藓痕。③
地当苍圣庙,④石在史官村。
部大官难考,夫蒙城尚存。
军中偏有暇,稽古送黄昏。

---

① 于鹤九,名鸣皋,陕西淳化方里人,曾任靖国军第三路营长,工书画,善篆刻。
② 作者自注:《浩然堂集》,遍求长安数年不可得。编者按:孟十一娘:唐将作监主簿孟友贞女,名心,开元二年卒,年二十,葬陈仓。李敬恒:陕西咸阳人,清末陕西著名学者。
③ 彭衙:古地名,在今陕西省白水县境。
④ 苍圣庙:即仓颉庙。在今白水县城东约25千米处。传说为黄帝时创造文字的史官仓颉葬地。

立武碑何在，彭衙认旧痕。地当仓圣庙，石在史官村。同瑞像新获，夫蒙城尚存。

军中偏有暇，稽古送黄昏。纪广武行军碑

名仰先凡法家雨正　于右任　辛十月

落云台至起云台①

憔悴青山看我来,扶筇岁尽强登台。
参天古柏遭兵火,破寺名碑半草莱。
山径雪消行滑滑,道人粮尽乞哀哀。
干戈饥馑连三辅,老病踌躇日几回。

起云台至落云台

人似春风去又来,香怜柏子落仍开。
流连东寺还西寺,隐约前台望后台。
远戍归时遗冢在,②野烟生处几家回。
三秦无地无兵火,含泪名山认劫灰。

游祋祤庙③

废邑犹存漆水边,城名祋祤义难笺。
神祠汉吏图仍在,兵铸秦皇史不传。
里社迎春惊爆竹,居民挑菜度凶年。
嗟予难了公家事,蹀躞人间觅墓田。

---

① 耀县纪游共14首。落云台、起云台,均为耀县(今铜川市耀州区)古迹。据乔世宁《耀州志·五台山志》:"五台山在(州)城东三里漆水之浒,山尽树柏,数十里外即望见焉。"五台之细目,乔志谓:"东曰端应台,南曰起云台,西曰升仙台,北曰显云台,中曰齐天台。五山对峙,顶平如台,故名。"落云台当为显云台。

② 作者自注:滇军阵亡将士丛葬处。

③ 祋祤(duó xǔ):古地名,在今陕西省铜川市耀州区。祋祤庙,据明人乔世宁《耀州志》云:"城东一里有祋祤故城。(汉)景帝始置县于此。"

药王山①除夕杂感（二首）

一

伏虎降龙事渺茫，洞门香火岁除忙。

疮痍遍地神知否？儿女痴心祷药王。

二

岁尽天寒客思孤，茫茫何处是归途？

家人倘备宽心面，②应念愁城困老夫。③

---

① 药王山在陕西省铜川市耀州区城东1.5千米，唐代名磬玉山，宋、金、元、明各代均称五台山，唐代著名医学家孙思邈系京兆华原（即今陕西铜川市耀州区）人。
② 作者自注：三原风俗，以除夕面为宽心面。
③ 这首诗表达了作者除夕之夜，困居愁城，思念家乡的痛苦心情。1979年台湾报纸曾刊载了这首诗，一时争相传阅，轰动整个台湾。

元日拂晓，出游显云台至将军山，^①山旧有王翦庙，今废矣

昨宵不寐到今年，破晓寻春一泫然。
战垒回风吹野烧，麦畴残雪露新阡。
将军山上围秦鹿，役祤祠中礼汉贤。
载酒江湖当日事，戎衣困顿误神仙。

与关芷洲、李西园同游耀县城东②

萧条役祤城东路，扶杖寻碑任所之。
破寺仅存兵火后，遗民犹在乱离时。
山川满目伤怀抱，冰雪连郊照鬓丝。
文化关西空有愿，天留余地愧君诗。③

山　居

北去将何去？南还不忍还？
迎春王翦庙，卧病药王山。
柏老添香叶，碑残印泪斑。
南军丛葬处，④新月似弓弯。

---

① 将军山，在今陕西富平县境，山因王翦而得名，山上旧有王翦庙。王翦系战国时秦国名将，在秦统一六国的战争中功绩彪炳。
② 李西园，当时为耀县知县。关芷洲：山西解县人，曾为靖国军总司令部参议。
③ 关君赠于先生诗有"天留余地开新幕，人以无私致大同"之句。
④ 南军：指1918年叶荃率云南靖国军第八军援陕，阵亡将士丛葬于此。

萧条榆栅接东陵，扶杖昌碑任瓜之。破寺僧来年必返，造民犹在乱战时。山川满目依怅抱，冰雪遣邻此鬓丝。文化同西点言顾天留好池悦真侪。

与阎子洲李雨风同画登孤楪东，阎子洲先生为随于此天留阁比开死草人世萝私饭大同时言氏国大幸

于右任 ○十二年夏

寻 碑

曳杖寻碑去，城南日往还？
水沉千福寺，云掩五台山；
洗涤摩崖上，徘徊造像间。
愁来且乘兴，得失两开颜。

游晒药场谒滇军葬阵亡将士处①

山南雪半消，樵径寒冰沍。
言寻晒药场，来吊南军墓。
春草萋以绿，新坟起无数。
古柏战风霜，一一香叶护。
自昔国难生，贤哲先奔赴。
白骨委沙场，岂曰志行素。
战争复战争，神皋莽如故。
西南歌蒿里，西北歌薤露。
大损不知损，相亲难相顾。
滇人鸟归巢，秦人株守兔。
问彼泉下人，殉国终何慕？
万里葬此间，谁为招魂赋。
黄鸟鸣树枝，哀哀失归路。

---

① 晒药场：相传为孙思邈晒药处，在今陕西铜川市耀州区药王山，又名检药场。滇军公葬处在晒药场附近，作者曾多次前往谒墓。

曳杖寻碑去，城南日注迟。水沉千福寺，云掩五台山。洗涤摩崖上，徘徊造像间。无来亦无去，得失两俱闲。

五十年三山访碑之作

于右任

再上晒药场谒滇军阵亡将士处

春满晒药场,登高哀国殇。
南军何事去,东道讵能忘?
转战怜衣食,挥戈遍雍梁。
传闻余部曲,再起出荆襄。

三谒晒药场滇军将士公葬处

茫茫侠骨伴名山,万里西征竟不还。
欲奠英魂难靖乱,忝为地主亦惭颜。
魄归金马碧鸡上,泪湿秦关蜀栈间。
晒药场前春草绿,春风吹起土花斑。

由耀县归三原途中书所见

凶荒经两载,岁转劫应消。
里妇烹槐子,春风醒麦苗。
零星闻社鼓,叮饳采村谣。
独怪离离草,经冬尚未凋。

由耀县入三原境有感[①]

何事出山与愿违?
无能此去欲依谁?
兵当南北交争日,
岁到青黄不接时。
置腹难偿诸将愿,
空拳安慰万人饥。
马前清峪盈盈水,
且自临流照鬓丝。

不 寐

竟夕不成寐,
劳人知夜长。
眼前烛垂泪,
镜里鬓生霜。
百草忧春雨,
遗黎傍战场。
三年徒负咎,
忏悔亦无方。

[①] 此诗作于1921年,时靖国军遭挫,作者北走耀县(今铜川市耀州区)居药王山,靖国军各路司令登山邀请,作者复出山返三原。

新庄杂诗① (三首)

一

拨乱无功肯自宽,
壮怀消尽事知难。
当年弧矢谁家院?②
垂老重经泪不干。

二

计入今秋几往还,
棉铃开后到农间。
城隅最是新庄好,
圆觉庵前看远山。

三

重到何园意惘然,
墙隅新柳已参天。
何翁自叙何园史,③
手把犁锄廿五年。

---

① 作者自注:新庄在三原东关城北隅。编者按:时作者担任陕西靖国军总司令,旧地重游,感慨颇多。
② 弧矢:本指星宿,这里是指作者。
③ 园主何二,年七十余矣。

题曹印侯①小照

跃马横戈西复东,曾持白刃定关中。
西湖遁去呕心死,落日河山起大风。

题靳伯伦②小照

打破四关惟有子,③曾经百战更无人。
君看玉立亭亭者,死在沙场靳伯伦。

题耿端人④小照

覆局何尝今异古,义旗虽倒果成因。
英雄关内知多少,血战长安有几人?

题井勿幕小照

羞为榆塞剜心祭,忍读余杭志墓文。
何以报君双泪眼,哭声直使帝天闻。

---

① 曹印侯:字寓侯,陕西临潼人。辛亥陕西首义,曾率当地团勇随张伯英在东路作战。后甘军围攻凤翔,曹率敢死队驰援。终因劳累成疾,至西湖疗养,病死杭州韬光寺。
② 靳伯伦,名经国,河南嵩县人,曾任靖国军团长,1921年春,战死铜川县(今铜川市)。
③ 伯伦平日以"打破四关"为座右铭。
④ 耿端人:名直,陕西澄城人。1918年在与陈树藩部作战中,战死于陕西蒲城城下。

井君勿幕生前与于君右任合影

宪诚老弟收存 刘允丞印赠

一九二一年

风 雨

风雨连宵又起云,高楼西北望逾纷。
秦人迷惘当中岁,郑鹿争来已二分。
烈士暮年谁誉我,美人天末苦思君。
新秋一梦真无似,蝉曳残声不忍闻。

中秋夜登城楼

夜静云开月已斜,城楼倚杖听残笳。
关河历乱无归路,儿女团圆有几家。
浊酒因风酬故鬼,战场如雪放荞花。
可怜垂老逢佳节,泪洒戎衣惜鬓华。

民治学校园纪事诗[①](前十首)

一

只余民治园中路,老病扶筇日几临?
客去偷闲眠树下,愁来不语立花阴。
移栽龙爪无灵气,败退鸡冠有奋心。
为念归耕归不得,忘身桴鼓托哀吟。

---

① 1921年,陕西靖国军部分将领,在北洋军阀威逼利诱之下动摇不定。是年9月,胡景翼取消靖国军旗帜,改为陕西陆军第一师。时作者退居三原民治学校,写下了《民治学校园纪事诗》前后20首。民治学校园,即作者当年在三原西关所创办的民治小学校园。

二

老作园丁喜不支，小畦荒秽复尤谁？
三棱草蚀除虫菊，二丑花缠向日葵。
别有伤心看落照，自锄余地种相思。
山川如故人情改，手抚苍髯唱黍离。

三

矮屋真如小洞天，避人何事住花前。
年荒野雀侵家雀，风急红莲压白莲。
满目山河余战垒，万家歌哭又桑田。
城隅坐对斜阳晚，北雁南飞亦自怜。

四

是处钟声杂角声，①戎衣渍泪念偷生。
好花无计防人折，寸地翻劳带月耕。
碎瓦君休惊玉碎，登楼我自望河清。
石榴园里添新土，又作花田累老兵。

五

学童工作倍天真，我亦徘徊欲置身。
曾与共耕还共获，居然相爱更相亲。
休平壁垒留儿戏，时弄乒乓任客嗔。
为报晚菘虫已蛀，平民菜莫济平民。

---

① 学校计时多借用庙钟。

六

莽莽关山限四围，黎侯失国怅无依。
秋高寒雁联群渡，巢覆霜乌结队飞。
藜杖临危惟我相，彩毫和泪为谁挥。
荞花如血棉如雪，早不躬耕计已非。

七

水平杠接木工场，手插波斯菊几行。
万幕晴沙排蚁阵，连宵急雨绝蜂粮。
胡麻腋下蓬蒿长，毛豆篱边紫菀香。
差幸美棉好成绩，可能衣被到穷乡。

八

天际浮云自在飞，人间不合有重围。
龙蛇互用藤才长，燕雀交欢黍已肥。
插柳成林情尚系，穿池引水计先非。
乡人为道茴香好，手种灵苗带雨归。

九

岁岁名花次第开，天香国色竟新栽。
如何联瓣成离瓣，讵奈蜂媒又蝶媒。
迁地为良无隙地，劫灰将尽又飞灰。
白衣堂后王罴冢，犁罢恭酹酒一杯。①

---

① 王罴冢，指王将军坟。王罴，字熊罴，北周霸城（今陕西西安市长安区）人。

十

人生求足何时足，天道无常似有常。
老屋将倾基尚固，好花虽谢种犹香。
早知阶下蕉难实，且看篱前菊见霜。
为问他年谁灌溉，自由嘉卉遍西方。

民治学校园纪事诗（后十首）

一

不死虋冬心宛转，将离芍药泪汍澜。
疗饥误种无花果，当路谁栽落叶兰。
萝蔓藤条相比附，梅魂竹影两盘桓。
松苗也作龙鳞势，与尔他年共岁寒。

二

搜遍人寰草木笺，更求佳种欲流传。
枝条直上公孙树，日月交催子午莲。
芳芷不生萧艾下，款冬偏放雪霜前。
如何易致均难致，况复青苍老少年。

三

茫茫何地欲为家，计到劳耕日又斜。
一笠闲云僧帽菊，三年零雨马蹄花。
魂招南国歌哀郢，泪湿东陵学种瓜。
一卧西园惊岁晚，刺槐高处噪寒鸦。

人生求足何時足天道無常
似有常老屋將傾基尚固好
花雖謝種猶香早知階下蕉難
賓且看籬前菊見霜為問他年
誰灌溉自由花卉開遍西方

四

一夕相惊已白头，天荒地变见残秋。
心如落叶飘难定，身似栖鸦绕几周。
岂料奇花为败酱，应怜异草亦含羞。
嗟余蓬转无宁日，蕙圃芝田何处求？

五

曾借耕牛引水车，儿童活泼似农家。
天留余地作劳者，人到穷途感岁华。
秋雨闻鹃啼旷野，朔风吹雁落平沙。
园中美卉田中莠，多事辛勤种谷花。

六

亭台鸾凤竞盆栽，束缚相怜尽解开。
但愿平均还本性，应知拳曲是凡才。
多层刺柏参天立，不实樱花渡海来。
悟道群生资互助，君看植物有虫媒。

七

十月之交雨一犁，萼腾盘马灞陵西。
东征大队驱河洛，北伐偏师起晋齐。
尽殪渠魁消阀阅，广传文化到群黎。
荒鸡四唱天难晓，又梦鸾凰枳棘栖。

荷锄耕牛引孤车兄弟活泼似羌奴天苍作地作芳吉人亲爱家庭甚东山难私室闹鸽一峰喷壁狗凤飞石落寻沙园中美卉田中苗矛乃幸勤稼穑老明年好绿茏佐

八

铁箭花凋叶复长,世间真有返魂香。
难移大戟当天险,故采山茅荐国殇。
人亦胜天无利钝,老而不死阅兴亡。
长杨夜半风声恶,犹是前年在战场。

九

除草独留狼尾草,无神私祭自由神。
东门上蔡思牵犬,西狩尼山叹获麟。
此日婆娑因即果,当时剪彩假难真。
秋风忽洒兴亡泪,满目新人是旧人。

十

慷慨当年此誓师,回头剩有断肠词。
三秦子弟多冤鬼,百战河山倒义旗。
动地弦歌真画荻,烧天兵火亦燃萁。
难忘民治园中路,卷土重来未可知。

移居唐园诗以纪之(二首)

一

遁迹乡村不忍回,唐园有路足周回。
长条络石藤缠葛,古木交柯柏抱槐。
恶竹万竿难尽斩,红梅一树独先开。
老兵休道戎衣薄,大地阳春可唤来。

南園急雨北園晴，載酒西園月又生，天上風雲原一瞬，人間成敗不須驚，高墳玉盌兒孫盜，曲沼金魚將士尋，淒絕茄公蔦塞外，力崇西北渡縱橫

君匋先生正家運之

于右任

十年避居唐園之作

二

南园急雨北园晴,[①]载酒西园月又明。

天上风云原一瞬,人间成败不须惊。[②]

高坟玉？儿孙盗,曲沼金鱼将士烹。

凄绝范公穷塞主,力穷西北泪纵横。

猎

东门牵犬去,罢猎复悲歌。

纵有途穷者,其如日暮何？

狐鸣群不散,兔狡窟偏多。

莽荡围场在,争教脱网罗。

民治园口号

第一唱来官员听,你把百姓莫看轻。

民国官员是公仆,百姓雇你做长工。

---

① 南园,已见前注。其北为补拙园,即诗中的北园；其西有荒苑,称西园。
② 言行录本"成败"作"成毁",兹据于右任先生所书手卷真迹改。

一月十八日淳化道中

冰雪犯征装,征人出朔方。
艰难全大节,跋涉到穷乡。
百劫存肝胆,空山老凤凰。
通天台在否?君莫问穹苍。

淳化道雪中追忆唐园之猎,寄李子逸、茹卓亭、田温如、刘绍文、张景秋诸同学

留滞半耕园,植物资探讨。
战争四五年,时艰余亦老。
世情多翻覆,焉能常自保。
掀髯欲出猎,指使无朋好。
二三同学翁,来言欢会少。
南郭招旧部,北村唤老小。
闻声牵猎犬,共集东门道。
莽荡平原中,严霜杀百草。
一一田与陇,猎者都惊绕。
眼前一兔跃,气与长天杳。
得机争纵犬,迅急如飞鸟。
围场周十里,往来三四绕。
兔疲犬亦疲,咫尺难嘶咬。
杖头恨无鹰,放出击以爪。
村狗不善走,忙亦吠而跷。
兔狡敌偏多,敌多兔亦狡。
急则觅老窟,转身捷复矫。

顷刻穷穴中，生擒负其毳。

居然唱凯归，下酒消烦恼。

徬徨终日间，仅仅图一饱。

尔愁觅兔消，兔愁被尔扰。

豺狼横四野，狐狸寿而考。

舍强翻凌弱，无乃非素抱。

鲁连耻帝秦，程婴能存赵。①

人言荒于猎，使我忧心愵。

天晓登前程，作誓告苍昊。

大雪弥乾坤，上下为之皓。

方里②纪游诗（四首）

一

东沟昨下去，游到西沟还。

后日同明日，南山与北山。

风云连野烧，冰雪映衰颜。

父老休争看，元戎亦等闲。

二

甘泉休作赋，③非是旧云阳。

禁地平民种，坡田佃主荒。

金人还涕泪，玉树不凋伤。

吊古兼怀友，年年哭战场。

---

① 鲁连，即鲁仲连，战国时齐国人。高洁不做官，喜为人排难解纷。程婴：晋景公时，宰相赵盾的门客，保护了赵氏孤儿。
② 方里：镇名，在陕西淳化县境内。
③ 甘泉：地名，在方里镇西，为古云阳地，有甘泉宫。

三

夕照满原野,游人胡不归。
归途见春水,老泪湿戎衣。
夷险招谁共,东西任鸟飞。
群看樵子乐,歌去掩荆扉。

四

六股藤为杖,出游无日闲。
路遥添白发,雪尽见青山。
社鼓迎新岁,春风度故关。
嗟余久留滞,歌罢泪潸潸。

方里纪游篇[①]

雪积山似近,雪消山似远。
贪看南山雪,却从北山转。
扶杖任所之,探奇兴不浅。
大壑忽前横,沿路冰雪满。
百折径益仄,鸣泉续复断。
泉下有平川,川平又沃衍。
居民数十口,杂树数千本。
水田数十亩,蔬米两皆产。
不治风俗淳,不争生活简。
生民自穴居,夏凉冬日暖。
徘徊未能去,戎衣自作茧。

---

① 此篇指游西沟。

长途困难息，老马驰峻坂。
吾苟平不平，躬耕或未晚。
君看东岭上，白云自舒卷。

吊于鹤九

霜落荠菜香，冬尽麦苗醒。
远山映残雪，似云横半岭。
蹀躞方城外，春风扑人冷。
东南有新坟，返射寒日影。
老鹤折羽翼，埋骨气犹迥。
血泪洒空山，哀君同哀郢。
生前少忠告，殁后常耿耿。
忆昔吊民立，七哀犹悲哽。
间道入关门，三哭张、董、井。①
鹤兮倘归来，怜余益不幸。
西北一万里，蹙蹙靡所骋。
流离主君家，凤弟赠以绁。②
云乃君所遗，俾御风雪警。
夜半述家难，时闻惭愤并。
并谓母七十，眼枯当逆境。
事久见人心，不必在俄顷。
我欲招君魂，努力回落景。

---

① 指张义安、董振五、井勿幕三人。
② 指于鹤九之弟。

柳家湾①访碑，得阿史那元方造像，并拾得旧瓦，上有隶书"离宫"二字

东风吹大野，驻马柳家湾。
造像搜年代，摩崖剔藓斑。
云封神鬼岭，雪压石门关。
拾得离宫瓦，曾携几片还。

柏树山②纪游

柏树山头柏益苍，山前池馆已荒凉。
百年花木经兵燹，十载家山作战场。
大户陵夷中户起，上田租佃下田荒。
复斋行草窗斋篆，点缀亭台共夕阳。③

内子高仲林送楞女入京成亲，④媵之以诗（四首）

一

春风苏百草，送尔出关门。
遇合从儿愿，追随念母恩。
家庭新创造，文学旧思存。
应念空山老，诗笺印血痕。

---

① 柳家湾：地名，在陕西淳化县境内。
② 柏树山：在方里镇东北，亭馆初为三原刘氏别墅，山头有清麓学人摩崖题记。
③ 指贺复斋、吴窗斋留题最多。
④ 高仲林：作者发妻，1972年在西安市书院门52号辞世。楞女，作者长女，名芝秀，屈武夫人，1971年病逝于西安书院门于右任故居。

二

世人如问我,勉强说平安。
百战身将老,三年枕未干。
秦兵仍奋激,民党更艰难。
素蓄澄清愿,时危肯自宽?

三

海上攻书日,关中省父时。
岁饥兵不饱,女大嫁因迟。
多事添媒妁,无端累义师。
人心未可测,究竟有天知。

四

汝婿亦奇士,青年多美誉。[①]
忧国屈正则,事类申包胥。
至理无贫贱,浮云有卷舒。
进修齐努力,嘉耦复谁如?

淳化西行道中

老矣策战马,通天台下行。
云埋钩弋墓,风撼赫连城。
原陡河流急,山荒野烧明。
五年徒自负,从此又西征。

---

① 汝婿句:指作者女婿屈武,曾任全国政协副主席,民革中央主席。美誉,好名声,指其1919年五四运动时,作为学生运动代表到北京见总统徐世昌时,坚决表示"誓死收回青岛"、"废除二十一条约"的决心,并愤怒地以头碰地,顿时血流满面。次日全国各大报纸都在显著地位登载了"屈武血溅总统府"的消息。其爱国壮举颇受全国人的称颂。

武功①城外（二首）

一

扶杖行吟任所之，武功原上晚晴时。
郊禖谁祷姜嫄庙？春雨人耕后稷祠。②
万里风云掩西北，十年兵火接豳岐。
绿杨临水川如画，景物留连老益悲。

二

金鼓河山诉不平，义旗牵引复西征。
郊连战垒周原壮，浪打城隅漆水明。
朔漠冰霜苏子节，春风桃李武侯营。③
登坛慷慨今犹昔，忍泪连年说用兵。

岐山④城外

破屋颓垣尽战场，参差雉堞认金疮。
争传汉将杂耕种，不见周原栖凤凰。
文字失真摹石鼓，生民多艰抚甘棠。
来归如市将安慰，走马西郊亦自伤？

---

① 武功，县名，属陕西省，传为后稷教稼地。
② 姜嫄庙：原在武功县城西郊，姜嫄，周始祖后稷之母。后稷祠：在武功县城郊。
③ 苏子节：指苏武所持的汉节。武侯营：指诸葛亮六出祁山的军营，今有武侯祠，在五丈原北端。
④ 岐山，县名，在陕西省宝鸡市东北部。

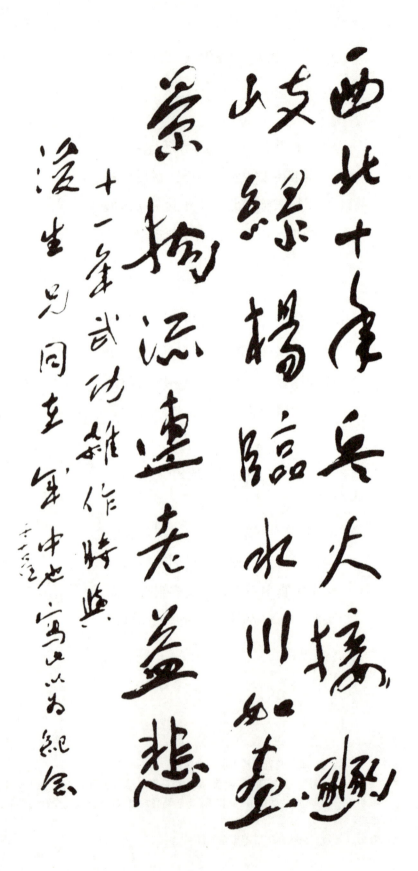

西北十年兵火摇，山支绿杨临旧水川如画。荒榆流连老益悲。十一年武汉杂作时与浚生兄同志军中也，写此以为纪念。于右任

扶杖村墟任所之，武功原上晚晴时，邻叟谁祷姜嫄庙，犁雨人田畔后稷祠，万里风云掩

望五丈原①

东风吹雨过岐阳，五丈原前作战场。
乱久遗黎粗有备，征繁中岁亦成荒。
力穷西北思秦誓，泪洒英雄念武乡。
惆怅车辚声不断，长途惟见月苍苍。

凤翔②城外晚眺

东湖春水绿沄沄，③饮凤池前看夕曛。
困顿家山余老泪，支持西北仗孤军。
谁从君子歌犹苦，不复东征异所闻。
好雨天偏洒岐凤，岂知无地乐耕耘。

灵台④道中

灵台原上望，何处是秦关？
东去无归路，西来有万山。
诗成补游记，兵败耻生还。
学道诚宜早，行行鬓已斑。

---

① 五丈原：在陕西省宝鸡市岐山县城南。地势险要，可攻可守，为古代行军布阵之地。昔诸葛亮屯兵于此。
② 凤翔：县名，在陕西省宝鸡市岐山县西。
③ 东湖，在陕西凤翔城外，昔日苏东坡在任时，引饮凤池水疏为小湖。
④ 灵台：县名，属甘肃省，在凤翔北。本诗为作者离陕，由陇入川途中所作。

崇信①道中

蹀躞深山里,②探奇记不详。
野人都望岁,植物自分疆。
处处生甘草,家家种大黄。
关山信难越,③梦里梦还乡。

竹林寺④

投宿竹林寺,摩崖时隐见。
昔年梵王宫,今作回回店。
回儿六七龄,自云天赐剑。
我杖六股藤,儿曰此木善。
客欲择佳者,山前山后遍。
转瞬缘树枝,攀崖枝独擅。
隐约十丈间,树动儿不见。
儿登我战栗,杖得儿欢忭。
问儿惧怯否?曰如平地便。
深林有大虫,遇之使人颤。

---

① 崇信,县名,属甘肃省,在灵台县西北。
② 蹀躞:指徘徊、散步。
③ 关山,在崇信县。
④ 竹林寺:在甘肃省崇信城境内。

清水早发

破晓放耕牛，一一上山去。
乳牛引小牛，争向草深处。

天水①道中

陇头呜咽水，时作断肠声。
可是长征者，而忘故国情？
余年期有补，百战悔无名。
悟到安人策，无劳再说兵。

清水②道中

马嵬兵已退，陇坂路初经。
鸟唤客心字，田开龟版形。③
迟回秦岭峻，隐约蜀山青。④
六郡良家子，胡为气不灵？

---

① 天水，即今甘肃省天水市。
② 清水，县名，属甘肃省，是入川必经之路。
③ 作者早期书法作品为客心。
④ 原书法为"山开"，后出版为押韵改为"山青"。

清水县麻鞋歌

清水县,县城下;
麻油油,被四野。
老农自矜产麻好,
并谓麻鞋制作巧。
闻客明日西南行,
愿助轻足越蜀道。
吾闻昔时杜陵叟,
曾着麻鞋兵间走。
秦州风雨鄜州月,[①]
困顿关山频搔首。
世方丧乱我释兵,
逾陇犹如丧家狗。
骑驴惧蹉跌,骑马防骄纵。
扶杖偶步行,两足如负重。
久骑腰背酸,久走足心痛。
人生到此方自悟,
除却自力全无用。
老翁老翁吾语汝,
世有利器在人控。
昔余归秦川,间道经鄜延。
潜行破瓦沟,百里无人烟。
健节守泾渭,战争四五年。
父老苦差徭,大事寸不前。
河北兵强世无两,

---

① 鄜:鄜县,今已改作富县。

将军跋扈生他想。
运去难为穷塞主,
时来争作降王长。
转徙泾原复岐凤,
马嵬一战难敌众。
西北风云扫地空,
新鬼吞声旧鬼恸。
一语未毕泪纷下,
鸡鸣催上长征马。
熊罴在后豺狼前,
革命之难如斯者。

秦 岭

乘晓驱黄犊,
村农意倍闲。
征人何自苦,
万里几时还?
月下过秦岭,
云中望剑关。①
今朝一豁目,
微雨洗前山。

---

① 剑关:即剑门关。在四川剑阁东北。

度陇①杂诗（五首）

一

陇山终日行，勉强能骑马。
草木不知名，扬鞭问樵者。

二

昔时赭山阴，今日赭山阳。
上下百余里，开山种大黄。

三

空谷无耕凿，名花自开落。
惟有食山人，年年采白芍。

四

幽艳居丘壑，孤芳欣有托。
茅屋二三间，门前种芍药。

五

路出华清县，大黄叶如扇。
日炙或雨淋，皆能覆君面。

---

① 度陇：行经甘肃。

张家川[①]

振臂一呼此启疆,河山耕牧势犹强。
早知骑射雄西北,今见威仪视帝王。
万户蒸腾风又雨,一川填咽海还桑。
天荒地变真闲事,金碧参差宜化冈。

陇头吟[②](二首)

一

陇头流水向南流,处处花开倒挂牛。
消却行人无限恨,众香丛里到秦州。

二

陇头流水向东流,照见征人度陇头。
马上高歌莫回顾,老来兵散过秦州。

徽县[③]早发闻耕者叹息声

早起行铁山,月明似天明。
田夫立陇畔,朦胧不能耕。
但闻语太息:"今日天又晴!"

---

① 张家川:县名,属甘肃省。
② 陇头:指陇山,又称陇坻,陇首。陇头吟原为古乐府横吹曲名。
③ 徽县,地名,在甘肃省南端,是川、陕、甘三省要冲之地。

阳平关[①]

阳平关下路,山下石滩多。
败将谈兵泪,神巫祷雨歌。
风云接秦蜀,皮骨老关河。
暮色苍然下,谁挥挽日戈?

略 阳[②]

山山看不断,曲折入嘉陵。
兵挫心犹壮,途长气益增。
荒城添战垒,孤艇载诗僧。
橦树青青实,崖前挂几层。

略阳滞雨咏权德舆[③]

丞相风流水石间,略阳遗迹邈难攀。
诗开元白当时体,雨湿秦蜀两岸山。
江渚瑶琴思往往,钓台明月自闲闲。
孤舟落日长征客,一夜怀人鬓欲斑。

---

① 阳平关:在陕西宁强县,三国蜀汉时本名阳安关,北宋改为阳平关。
② 略阳:古郡名,今陕西省略阳县,此处为甘、陕交界处,是由陕入川必经之路,为嘉陵江流域。
③ 权德舆,字载之,唐略阳人,德宗时征为太常博士,迁中书舍人。宪宗时,累拜礼部尚书,同中书门下平章事。德舆老不废书,其文章雅正宏博,著作编为《权文公集》。

白水江①

白水江头未了僧,孤舟一夜入嘉陵。
云封蜀道无今古,鬼哭周原有废兴。
野渡招摇村市酒,荒城出没戍楼灯。
阳平关下多雷雨,净洗西南恐未能。

嘉陵江上看云歌赠子元、省三、陆一②

云如蒸气岩前起,山似馒头石似米。
扣舷而歌歌未终,雨打孤篷衣如洗。
风风雨雨断客肠,存亡诸子俱凄凉。
关山百战逾秦陇,舟车经月道雍梁。③
时虞缯缴如飞鸟,辜负江山看剑铓。
噫吁嘻?
奇云忽聚忽飞散,峭壁时隐时出现。
客心如海复如潮,鹃声似续还似断。
无平不陂往不复,有酒一樽诗一卷。
醉后愤愤呼苍天,顿足踏破嘉陵船。
云引愁心雨引泪,嘉陵江上话昔年。
龙门浪急鼋鼍吼,华岳云埋鹰隼骞。

---

① 白水江:在徽县境内,上游名西江,流至略阳入嘉陵江。
② 子元,即王玉堂,注见前。陆一,姓王,原名天士,三原北秦堡人,任靖国军秘书等职,工诗词。
作者原注:嘉陵江两岸皆山,新雨后,山川出云,有如釜甑蒸气也。山半多佛家造像。
③ 雍梁:指雍州和梁州。历代辖地范围不同,这里泛指陕南与甘肃、四川交界一带。

间道忘身生命贱，孤军苦战岁时迁。

灾深饿殍横三辅，痛剧国殇泣九泉。①

子弟前仆争后继，父老壶浆半含涕。

将军歃血举义旗，中道反戈先变计。

谁信李陵报故人，羞为于禁污家世。②

甑已破矣难苟全，秦无人焉望空祭。③

不哭穷途哭战场，一龙一蛇一螳螂。

云横秦岭关门锁，梦落周原战垒荒。

渝城张家园夕照楼④

三面山围夕照楼，楼前一角见江流。

大江东去添新浪，败将西来作壮游。

四野干戈争避乱，小园花木亦添愁。

蜀民似我贫兼病，战伐何能解百忧。⑤

---

① 三辅：汉武帝太初元年，改左、右内史、主爵都尉为京兆尹、左冯翊、右扶风。辖境相当于今陕西中部地区。

② 李陵：字少卿，勇敢善战，汉武帝时拜骑都尉。于禁，三国时魏将，曾助曹仁攻樊城，为关羽所败而降蜀，后归魏，见降蜀之像，羞愧而死。

③ 甑破：用后汉孟敏负甑堕地，不顾而去的故事。当时靖国军被分化瓦解，如甑破难全，先生见留之无益，因而离去。

④ 渝城，即重庆，作者时住张家花园的夕照楼。

⑤ 由陇南下，遇川中一、二军战事起。

题吕天民①《偶得诗集》（四首）

一

范、宋、徐、陈悲复悲，天饕人虐两无遗。
春江夜雨三茅阁，犹记当年草檄时。②

二

凄凉同社惟君在，老有诗篇诏后生。
我爱游仙读庄子，人间无地著新声。

三

缅甸难挥挽日戈，滇边画界事如何？
当年佳句争传诵，上国疆分红蚌河。

四

黄花岗上草萋萋，开国人豪姓半迷。
我读君诗如读史，残山剩水有余凄。

---

① 吕天民：名志伊，云南思茅人，曾为《民立报》笔政，辛亥革命后曾任南京临时政府司法部次长。
② 作者自注：《民立报》旧同事，范鸿仙、陈英士、宋渔父，皆被暗杀，徐血儿以呕血死，社址在上海三茅阁桥。

《佳期》一章示楚伧①

寒气偏侵玉女扉，佳期不定不如归。

惠庄阶下鹓雏笑，王谢堂前燕子飞。②

暗掷金钱何事卜，偶成眷属莫相讥。

几生修到生生福，一寸相思寸寸非。

为楚伧、孟芙新婚作

楚伧、孟芙新婚招饮，朴安、精卫、亚子、楚伧均有作。余思钝而晚成。因写寄同座仲辉、望道、亨丽、□平，并约同游宋园。③

一

葱蒨华堂共举杯，神仙眷属喜相陪。

曾期精卫真填海，私幸于思竟复来。

旧学传家皆有女，新词觉世并多才。

骚坛剩得屯田在，金鼓北征乞主裁。

---

① 楚伧，即叶楚伧，江苏人，原名宗源，字卓书，号楚伧。早年加入同盟会，1926 年任国民党中央政治会议秘书长，抗日战争胜利后，任苏浙皖三省、京沪两市宣慰使。

② 刘禹锡，字梦得，唐代诗人。曾有诗"金陵五题"之二《乌衣巷》"旧时王谢堂前燕，飞入寻常百姓家"。

③ 孟芙，即吴孟芙，叶楚伧的未婚妻。朴安，指胡朴安，安徽泾县人，原名有忭，学名韫玉，1932 年任《国民日报》编务，抗日战争胜利后，任上海通志馆馆长。亚子，即柳亚子，江苏吴江人，原名慰高，又名人权、弃疾，字安如，一字亚庐，1906 年加入同盟会，中华人民共和国成立后，曾任中央人民政府委员，全国人大常委会委员，1958 年 6 月 21 日在北京病逝。仲辉，即邵力子，浙江绍兴人，原名景奎，字仲辉，后改名闻泰，1906 年加入同盟会，归国后与于右任创办《神州日报》、《民呼日报》、《民立报》等，新中国成立后，任中央人民政府政务院委员、全国人大常委、全国政协常委，1968 年 12 月 25 日病逝于北京。望道，即陈望道，浙江义乌人，积极从事新文化运动和马克思主义宣传活动，1920 年翻译出版我国第一个译本《共产党宣言》，同年参加创建共产主义小组，并任《新青年》杂志编辑。1923 年后，在上海大学任中文系主任、教务长，中华人民共和国成立后任复旦大学校长，《辞海》编委会主编，民盟中央副主席等职。亨丽，南社创始人陈去病之女。□平，胡朴安之女。精卫，即汪精卫，后沦为汉奸。

二

天南困顿老元戎①，民党何时日再中？
同社几人操不改，三年百战气犹雄。
文章报国余肝胆，岁月催人杂雨风。
贱子诗成更招饮，宋园花木已葱茏。

读《徐太夫人行状》②

姊妹为文字字真，一行徐母已传神。
西风吹泪西湖上，慷慨当年葬党人。

题缶老为畹华画梅③

辉映人天玉照堂，嫩寒春晓试新妆。
皤皤国老多情甚，嚼墨犹矜肺腑香。

---

① 老元戎：指孙中山先生，广东香山人，名文，改号逸仙。1921年就任"中华民国"政府非常大总统，创办黄埔军官学校，1925年3月12日在北京逝世。

② 徐自华女士之母。徐自华，浙江石门人，字寄尘，号忏慧词人。1906年任湖州南浔镇浔溪女校校长，并与秋瑾结拜为师姐妹，后加入光复会和同盟会。秋瑾被害后，为营葬好友到处奔走，将烈士忠骨安葬在西泠桥畔。后被推为秋社社长。1913年任上海竞雄女校校长。

③ 缶老，指吴昌硕，浙江安吉人，名俊卿，原字仓石，晚年改字昌硕，号缶庐，别署老缶，善书画，篆刻古朴雄浑。1904年，与吴隐在杭州西湖孤山创立西泠印社，任社长，并工诗词，著有《缶庐诗存》、《缶庐印存》。畹华，即梅兰芳，原籍江苏泰州，生于北京，名澜，字畹华，出身梨园世家，是我国著名的京剧表演艺术家。

为秦振夫①题其祖水竹画梅

白发锄明月,归来独种梅。
春风苏百草,先见一枝开。

为孙少元题颜书《争座位帖》后

彭衙广武湮仍显,正始石经整复残。
一物偶然成聚散,达人何事杂悲欢。
身如启泰怀桑海,书到平原见肺肝。
为约滇南老名士,神州再造共渔竿。

十一年夏感赋

　　1922年夏兵败武功间道来海上佩箴先生以祭癸丑以来死难诸烈士文稿嘱题因感赋此。

喋血生还日,招魂野祭时。
败余羞后死,痛定念先知。
报国宁论晚,成功定有期。
余杭余老泪,切莫续哀词。

---

① 秦振夫,名善培,广西桂林人,南社诗人。

舟出吴淞①

摩霄鹰隼栖无地，设色楼台影蔽天。
君羡吴淞田二亩，如何迟却又年年。

三月十四日与登云、自立诸君，谒黄花岗，遇林子超先生②

白云山下日将斜，扫墓逢君感有加。
为道偷闲春雨后，黄花岗上种黄花。

咏木棉

海市喧阗日正中，万花光射满城红。
参天秀出英雄树，③高揖群伦惯受风。

---

① 吴淞：即吴淞江，发源于今太湖，东入大海，明以后改入黄浦江。
② 黄花岗：原名红花岗，在广州市先烈路，是辛亥革命七十二烈士墓所在地。林子超，即林森，福建闽侯人，字子超，号长仁，又号天波，晚年别署青芝老人，1932年起任国民政府主席，1943年8月1日死于重庆。
③ 粤人以木棉为英雄树。

过台湾海峡远望

激浪如闻诉不平,何人切齿复谈兵。
云埋台岛遗民泪,雨湿神州故国情。
地运百年随世转,帆船一叶与天争。
当年壮志今何在?白发新添四五茎。

与曾孟鸣谒黄花岗七十二烈士之墓[①]

黄花岗下路,一步一沾巾。
恭展先贤垅,难为后死身。
当年同作誓,今日羡成仁。
采得鸡冠子,多多寄故人。

海上遇风、岐兵败纪念日

金鼓东征可有期,老来抱恨复何之。
髑髅夜月三良墓,禾黍秋风后稷祠。
海上有愁消日月,中原无地见旌旗。
关西子弟多豪俊,莫忘当年是义师。

---

① 于先生谒总理于粤中,旋以伯母房太夫人之丧返沪尽哀。民国十三年于先生复谒总理赴粤。此诗作于第一次赴粤时。作者自注:采鸡冠花子,寄民治学校。

与卓亭、景秋、建侯游西湖，追忆宋渔父、汤蛰仙[①]二先生昔年湖上之约

我与江山共此愁，湖亭曾纪雪中游。
当时载酒人安在？此日停车感不休。
百战无能酬死友，十年多泪洒杭州。
孤山梅放香樟翠，翻羡贤豪占一丘。

静江兄长年四十六，得丈夫子，名曰乃鸧，为诗贺之

老矣革命党，尤能书画传。
香修同入静，龙卧例逃禅。
有女皆知学，生儿必象贤。
名家增韵事，寰海遍飞笺。

---

① 汤蛰仙：名寿潜，浙江山阴（今绍兴）人，字蛰仙，曾入湖广总督张之洞幕。作者任交通部次长时，汤曾为总长（未到任）。

回思旧事增惆怅（二首）

初访得广武将军碑者为雷君召卿。①余作歌赠李君春堂，因其最先持以赠余也。十一年春，春堂殉国。十三年春，召卿由澄县来函海上，详述始末，因为诗赠之。

一

好古遗闻自足珍，彭衙名物重符秦。
回思旧事增惆怅，错咏披荆访古人。②

二

李春堂死冤难论，广武碑移感更多。③
夜半摩挲忽下泪，关门风雨近如何？

在刘三黄叶楼与太炎诸先生题邹容墓④

廿载而还事始伸，同来扫墓一沾巾。
威丹死后谁收葬？难得刘三作主人。

---

① 雷召卿：陕西澄城人。澄城在陕西铜川市耀州区西北。
② 错咏：《广武将军碑》拓片，首先由李春堂持赠作者，可能误以李为发现此碑之人。迨雷昭卿来信详述始末，方知"初得此碑者为雷昭卿。"作者此前曾有《广武将军碑复出土赠李君存春堂》诗，故曰"错咏"。
③ 作者自注：初闻广武将军碑移于纵目村。后移置西安碑林。
④ 刘三，即刘仲苏，上海人，又名三，字季平，别署江南刘三。1903年在上海创办丽泽学堂，宣传革命思想，1904年因牵涉万福华枪击广西巡抚王之春案，学堂被封。黄叶楼：在沪西华泾。太炎：即章太炎，名炳麟，浙江余杭人，号太炎，自幼熟读经史，参加维新运动，"九一八"事变后，表示赞助抗日救亡运动，1936年6月14日在苏州病逝，著有《章氏丛书》。邹容：四川巴县人，原名绍陶，1903年在上海加入爱国学社，同年5月撰成《革命军》，宣传革命，《苏报》刊文介绍，影响甚大。苏报案发生后，被英租界会审公廨判刑2年，1905年4月3日死于狱中，葬于上海华泾。

读 史（三首）

一

风虎云龙亦偶然，欺人青史话连篇。
中原代有英雄出，各苦生民数十年。

二

希文尚义余边俸，炎武逃名置上田。①
一片是非谁管得，古来公论恕名贤。

三

无聊豫让酬知己，多事严光认故人。②
面上征尘衣上血，千秋赢得一沾巾。

---

① 希文，即范仲淹，吴县（今江苏苏州）人，幼年孤贫，刻苦自学，历任参军、知州、同练等官。炎武：即顾亭林，注见前。

② 豫让：春秋战国时晋国人，初为晋卿智瑶家臣。韩、赵、魏三家分晋，智瑶为赵襄子所灭，豫让漆身为癞，吞炭为哑，使其形状不可复识，一再谋刺赵襄子未遂，为襄子所获，后请得赵襄子之衣，拔剑剁衣，以示为智民报仇，然后自杀。严光：字子陵，会稽严州人，在富阳春山畔，七里滩钓鱼为生，与刘秀以兄弟相处，后刘秀做了光武帝，几次三番要他做官，他都婉辞，仍回到富春七里滩隐居。

读唐诗（三首）

一

李主无生杜自然，^①诗人论政妙难宣。
朱门酒肉神山药，寄语时流莫妄笺。

二

兄仇李贺呕心稿，客赠刘叉谀墓金。^②
天幸韩公多畏友，孟郊半俸亦高吟。^③

三

神仙韩愈嘲方朔，功业薛能谤武侯。^④
横槊赋诗天策府，太原公子亦风流。^⑤

---

① 李、杜指李白、杜甫。

② 兄仇句：指李贺表兄与贺为仇而毁其诗稿事，见《剧谈录》。李贺：字长吉，福昌（今河南宜阳）人。只做了几年奉礼郎的小官，郁郁不得志，骑马出游，得句投入锦囊中，其母怒曰："是儿要呕出心乃已耳？"27 岁而卒。客赠刘叉句：刘叉，唐代诗人，河朔（今河北）人，家境贫困，曾为韩愈门客。《唐才子传》："时韩碑铭独唱，润笔之资盈缶，（刘叉）因持案上金数斤去。"谓是"谀墓"之金。

③ 韩公，指韩愈，字退之，河内河阳（今河南孟州市）人，曾先后任宣武及宁武节度判官，迁监察御史。孟郊，字东郊，湖州武康人，少年时隐居嵩山，年近五十，始中进士。郊作溧阳尉时，终日赋诗，曹务多废，县令白府，以假尉代之，分其半俸。

④ 东方朔，字曼倩，汉武帝时累官侍中，为人喜诙谐滑稽。韩愈著《读东方朔杂事》诗，反对神仙之说。薛能，字太拙，汾州人，唐代诗人，其《筹笔驿》一诗，对诸葛亮功业，加以毁谤：余力蜀从事，病武侯非王佐才，因有是题。诗云："诸葛终宜马革还，未开天意便开山。生欺仲达徒增气，死见王朗合厚颜。流动有功终是扰，阴符多术得非奸？当初若欲酬三顾，何不无为似有鳏。"

⑤ 天策府：唐高祖李渊以李世民功高，古官号不足以相称，特加封为天策上将，位在王公之上，因称其府第为天策府。太原公子：指李世民，因其父李渊在隋炀帝时曾任太原留守，故有此称。

读 经

为齐人讳功无补，悯卫国亡喑不灵。
公穀偶同毛郑异，各衷一是说遗经。

香港逢刘小云，同游九龙①归，小云以诗见赠，因次原韵

尽日偕游不计程，宋王台下听潮声。②
怜余奔走身将老，话旧凄凉草已生。③
避世安能知避乱，谈诗未罢转谈兵。
归来更荷琼瑶赠，弃甲于思有泪横。

---

① 九龙，香港九龙半岛。
② 宋王台：在九龙湾西岸的圣山有刻石，书"宋王台"三字，此地曾葬宋端宗赵昰和8岁皇帝赵昺。
③ 作者自注："陈伯澜世叔，茹怀西学兄。"

京奉道中读《唐风集》①

襟上暗沾前日泪,客中闲唱旧时歌。
云埋辽海春风冷,雪拥榆关战垒多。
莽莽万山愁不语,栖栖一代老难过。
夜深重理《唐风集》,兵满民间可奈何。

与陆一游南京花神庙

十里花村任所之,花神招我远寻诗。
春风遍绿馒头柳,俭腹词人莫疗饥。

---

① 《唐风集》,是晚唐诗人杜荀鹤的诗集。杜荀鹤,字彦之,池州石埭(今安徽石台)人,昭宗大顺二年进士,入梁作翰林学士。他出身贫苦,诗多写战乱及民间疾苦。

黄河北岸见渔翁立洪流中①

劳者无名逸有功,便宜毕竟属英雄。
世人都道河鱼美,不见渔翁骇浪中。②

为廉南湖先生题洪宪金印拓片③

洁樽候教忆神奸,金印谁销石室间。④
民众元戎比天子,世人毕竟爱中山。

---

① 作者自注:黄河鲤必手捕者味始佳,故岸边浅水处,多见渔者立其中。
② 宋范仲淹《江上渔者诗》云:"江上往来人,但爱鲈鱼美。君看一叶舟,出没风波里。"作者翻阅宋诗至此曰:"吾奈何苦掠范公语。"
③ 廉南湖:名泉,字惠卿,江苏无锡人,诗人,收藏家。洪宪金印:袁世凯称帝时曾改元"洪宪"。廉南湖所藏拓片,一为"中华帝国之玺",一为"皇帝之宝"。
④ 作者自注:宋教仁遇刺后,袁世凯谓人曰:"闻中山先生要北伐,何必如此?我在此间,洁樽候教。"

黄海杂诗① (三首)

一

出塞翻挥入塞戈,南征转唱北征歌。
人生冤路真难计,水陆周回两万多。

二

客子争看黄海黄,黄流浩渺极天长。
渔舟叶叶来何处?领海官家早已荒。

三

沧海横流赋不清,为谁风雨为谁晴。
空间闲事休劳管,见个民船转失声。

---

① 1926年,刘镇华率镇嵩军围攻西安。作者赴苏联敦促冯玉祥回国解围并参与北伐,往返辗转数月之久。自本诗起至《过买卖城》,均为作者在赴苏途中及访苏期间所作。黄海,在渤海海峡与朝鲜半岛之间。

舟入黄海作歌

黄流打枕终日吼,
起向柁楼看星斗。
一发中原乱如何,
再造可能得八九。
神京陷后余亦迁,
奔驰不用卖文钱。
革命军中一战士,
苍髯如戟似少年。
呜呼?苍髯如戟一战士,
何日完成革命史?
大呼万岁定中华,
全世界被压迫之人民同日起。

天明闻船上鸡鸣

笼中渡海难舒翼,厨下留烹知待时。
尚自殷勤报天晓,一声惊起几男儿。

望日本海岸

海产东人久自矜,相随霸业更飞腾。
君看照海若干里,远近渔船十万灯。

舟出东朝鲜湾

痛定应思痛,国魂招不还。
云生绝影岛,雨湿白头山。
并力争除暴,偕亡讵是顽。
于思亦战友,无奈鬓毛斑。

西伯利亚杂诗寄王陆一（六首）

一

川原悠邈净无尘,一种韶光夏似春。
万里投荒阿穆尔,老而不死作诗人。

二

绣□诸子照眼明,工余女伴竞偕行。
夕阳忽架苍松顶,归路犹闻迭唱声。

三

马肥久困无征战，树老方知阅岁华。
家住桃源一万里，不知世上有桃花。

四

芳草如茵不计程，欹斜板屋牧兼耕。
小家园内新天地，万绿丛中占一坪。

五

水绕乌城闻汽笛，山围赤塔见桑麻。
面包价贵酪浆贱，牛饮归来买野花。

六

共舟而济共舆驰，患难相偕尔我知。
今日车过尼布楚，考量旧史忆君时。

西伯利亚杂诗（二首）

一

遗镞可知常掳获，[①]断碑难得再摩挲。[②]
和亲更有物为证，公主宫娥宝镜多。[③]

---

① 作者自注：西伯利亚常发现汉代箭镞。
② 作者自注：贝加尔湖北奥利汉岛上，多汉文石刻，修铁路时毁去。伊尔库茨克北翁格山，旧有汉文刻石，义和团起，居民恐其以此证来袭，遂毁之。
③ 作者自注：俄国博物馆中中国古镜，皆从西伯利亚得者，近在北冰洋边索米亚得地方，考古亦获中国古镜。

二

盖代英雄去不还,高碑犹自在人间。①

大王城下曾经过,万里投荒鬓已斑。

西伯利亚②杂诗(又二首)

一

十日飞车道路长,鲜卑遗壤待推详。

云生大漠连霄冷,花放平原万里香。

牧马迎风呼战马,羔羊觅迹唤羚羊。

人情物理无中外,惆怅他乡忆故乡。

二

莽荡风云眼底天,大荒之野荷戈来。

党人流放知无数,条约荒唐信可哀。

民族于今矜解放,山林从古未夷摧。

穷乡转瞬成天国,革命何人唤不回。

---

① 作者自注:尼布楚有中国式城,居民称皇帝城。亦曰大王城,有蒙文成吉思汗记功碑,余见其拓本。

② 西伯利亚,在俄文为北极之意,并非民族之名。吾国学者,谓"鲜卑"即"西伯"之转音。

过贝加尔湖

东来雨湿兴安岭,南去云迷杭爱山。①
多事来寻苏武迹,贝加湖上月儿弯。

西伯利亚道中书所见

青青柏,密如麦;
苍苍松,卧如龙;
密密桦,乱如麻。
树暗有云生,天寒无鸟声。
昔多流放人,今为自由民。
绿茵如幄草如茵,
征车十日无纤尘。
行行一万八千六百里,
无日不在丛林里。
西伯利亚之游乐如此,
眼中之泪吾老矣?

---

① 杭爱山:在蒙古人民共和国中北部。

入欧洲后感怀

鄂毕河前饭,乌拉山下眠。

无戈肱作枕,有产舌为田。

金鼓劳民橄,冰山债主钱。

神州竟何似?怅望一凄然。

车过乌拉山①

卧看乌拉山,连山起烟雾。

远远山下人,骑牛渡旁渡。

昔日战场今如故,朝阳红射乌拉树。

尼古拉斯血未干,牧儿长歌向何处?

东朝鲜湾歌

舟入东朝鲜湾,望太白山②作歌,时正读《资本论》。

晨兴久读资本论,掩卷心神俱委顿。

忽报舟入朝鲜湾,太白压海如衔恨。

山难移兮海难填,行人过此哀朝鲜。

遗民莫话安重根,伊藤铜像更巍然。③

---

① 乌拉山下为沙皇尼古拉斯二世被杀处。
② 太白山:指朝鲜东部的太白山。
③ 安重根:朝鲜爱国者,曾刺死日本首相伊藤博文。伊藤:即伊藤博文,执政期间,发动甲午战争,强迫清政府签订中日《马关条约》。1919年12月26日,在哈尔滨车站被朝鲜爱国者安重根刺死。

吾闻今岁前皇死,①人民野哭数十里。

又闻往岁独立军,徒手奋斗存血史。

世界劳民十万万,阶级相联参义战。

何日推翻金纺锤,一时俱脱铁锁链。

噫吁嘻？太白之上云飞扬,太白之下人凄怆。

太白以北弱小民族齐解放,太白以南以东

以西被压迫者、如怨如慕如泣如诉复如狂。

山苍苍兮海茫茫,盟山誓海兮强复强。

歌声海浪相酬答,天地为之久低昂。

舟人惊怪胡为此？此髯歌声犹不止。②

万里转折赴疆场,我本革命军中一战士。

舟入大彼得湾③

二百余年霸业零,天风吹尽浪花腥。

掬来十亿劳民泪,彼得湾中吊列宁。

---

① 前皇死：朝鲜爱国太王李熙死于日本。
② 此髯：作者自指。
③ 大彼得湾：位于今俄罗斯远东滨海边疆区南部,有海参崴等港口。

布蒙共和国立国五年纪念歌①

"全世界无产阶级与被压迫民族联合起来!"

此乃马克思以及列宁革命之口号。

布利亚特族人元之裔,国亡五百余年如无告。

元祖率精壮而远略兮,故国乃为斯拉夫族所荡扫。

沿色楞格河而迁徙兮,沙皇目之为强盗。

五十万人降为牛马兮,近来又遇白军之残暴。

国不国兮人不人,十二部落难再造。

忽然天开地辟日月光,十月革命成功兮,

实现苏维埃社会主义之联邦。

民无异国兮地无四方,布蒙民族从此得解放,

一跃而成世界弱小民族之鸾凰。

我来乌金斯克时,正值立国五年之佳节。

采访遗闻肝胆壮,参加盛典心情热。

第一日赴纪念会,绣裹列宁红如血。

各部代表报告地方之经过,不断前进继先烈。

慰我世界革命将成功,愿与吾人同心结。

二日导观骑步兵,十里松林幕为营。

彼谓布人昔年当兵无权利,予望此后并力为世平不平。

三日全国大运动,竞射角力及民众。

---

① 作者自注:外蒙委员长丹巴卜尔济语予云:"吾蒙古民族,其始也当环贝加尔湖居,今之内外古,皆南侵者。所有西伯利亚之布利亚特族,则当时祖国遗留之人民。"存此语以待参考。编者按:布蒙,即布利亚特共和国,是现俄罗斯联邦成员国。

车如流水工人乘，马似飞龙牧儿鞚，
骑兵左右前后自如兮，马上姿势加种种。
主席谆谆告再三，团结力量方有用。
四日松林作食堂，露天大宴尤难忘。
半是欢迎半欢祝，中央女委主壶觞。①
贝加湖里鱼生美，打箕庄中马奶香。②
大礼烹羊割唇耳，中宵起舞杂谐庄。
天然庭燎焚松股，土产珍馐进野桑。
响彻云衢国际歌，天将明矣唱未央。
嗟予转折二万里，七日乌城发白矣。
苍隼护巢曷不归？神龙失水犹思起。
乌城西安一直线，昨梦入关督义战。
尽烹走狗定中华，一行解放四万万。
老来有志死疆场，竟把他乡当故乡。
夜半梦回忽下泪，马角乌头困大荒。
天怜辛苦天应晓，促我整顿乾坤了。
赐我布蒙国内小山庄，万松深处容一老。

克里木宫歌③

君何事来翻吊古，克里木宫矜一睹。
置身赤色莫斯科，结习不忘真腐腐。
世人莫误悲铜驼，请述怪异作哀歌。

---

① 作者自注：中央女委：萨哈利亚诺夫女士。
② 打箕庄：政府夏日所在地。
③ 克里木宫：即克里姆林宫。

宫内教堂即坟墓,历代皇室铜棺多。
沙皇铸钟巨无仿,更制巨炮长盈丈。
炮无人放钟不鸣,两都红旗已飘荡。①
故宅既作苏维埃,遗民复祖共产党。
无产阶级革命竟成功,新旧世界由此划为两。
吾闻革命之时经剧战,宫内宫外两阵线。
列宁下令用炮轰,门内白军方自变。
又闻宫门旧有断头台,台前血渗野花开。
台上杀人城上笑,百年骈戮真堪哀。
自今门外号红场,功成之后葬国殇。
列宁以下殉义者,一一分瘗傍宫墙。②
宫墙兮墓道,墓道兮多少。
上悬革命之红旗,下种伤心之碧草。
悠悠苍天我何人?万里西征头白了。

红场歌

在红场谒列宁柩后,为作此歌。

中山已逝列宁死,莫斯科城我来矣!
遗骸东西并保存,紫金红场更相似。③
每日排队朝复暮,争看列宁人无数。
我亦蹩□诣红场,代表人类有所诉。

---

① 两都:指圣彼得堡和莫斯科。
② 瘗(yì):埋葬的意思。
③ 紫金:南京紫金山,中山陵在此。

一片红场红复红，照耀世界日方中。

列宁同志何曾死，犹呼口号促进攻。

噫吁嘻！

东方羁束难自解，吾党改组君犹待。①

君之主张东方之民久已闻，君之策略东方之事莫能改。

何况共同奋斗救中国，中山遗命赫然在。

转悔当年起义早，方法不完得不保。

如今愁苦呼声遍亚东，大乱方生人将老。

头白伶仃莫斯科，惭感交并责未了。

未了之责谁予助，至此翻思进一步。

为全人类之自由而进征兮，解放东方之大任先无误。

吊中山之良友兮，知取则之不远。

信我党之必兴兮，夫孰荷此而无忝。

惆怅兮将别，歌声兮哽咽。

酬君兮全世界奴隶之泪，

奠君兮全世界豪强之血。

献君兮全世界劳动人民之铁链，

奏君兮全世界历史之灰屑。

君之灵兮绕世界而一视，

中山之事与君携手而并进兮，

时不久兮全设。

红场歌兮声悲切！

---

① 改组：指 1923 年 11 月，孙中山发表中国国民党改组宣言，1924 年，重新解释了三民主义，确定了"联俄、联共、扶助农工"的三大政策，实行了第一次国共合作。

莫斯科杂诗（四首）

一

拿破仑翁败不还，何人倚剑列宁山，①
山中歌舞山前浴，今作人民消夏湾。

二

金顶辉煌映日明，无朝无暮有钟声。
式微宗教威仪在，鸦片安能浪得名。②

三

金角港前暮雨霏，贝加湖畔白云飞。
行行万有八千里，排队列宁墓上归。

四

国际歌声响彻空，深林日射大旗红。
工人学者皆休息，半给皇家避暑宫。

---

① 列宁山：又称麻雀山。在莫斯科西南，山下即莫斯科河。俄法战争期间拿破仑曾至此山。拿破仑：19世纪法国资产阶级政治家和军事家。

② 作者自注：教堂门口多贴马克思"宗教之毒甚于鸦片"格言。

拿破仑当败不逐何人像细弓弯
山中鼙鼓异落令作人民消
夏湾金角港西暮雨零贯加
湖畔白云飞行义薄云天玉
抚俘到宁堇上归
荡宕我先游字正之

莫斯科雅住
五三二
右任

归途过沃木次克①

鄂毕河前水急流,②时当盛暑气如秋。
平原万里耕兼牧,一路看花入亚洲。

过奥木次克

黑麦青青燕麦黄,零星硬麦已登场。
民间尚守三田制,蔓草不除待放荒。

再过贝加尔湖

贝加尔湖清澈底,波浪如凫飞不起。
照见征人半白头,白海之名良有以。
河流穿兮似箭,③山脉束兮如垒。
照映俄蒙两大民族间,④解放之后平分此一水。
苏卿持节是耶非?⑤于今北雁又南飞。
计将随尔渡沙漠,先入关门报我归。

---

① 沃木次克:新译为鄂木次克,是西伯利亚第二大城。
② 鄂比河:是苏联流域面积最大的河流。
③ 叶尼塞河穿湖而过。
④ 南为斯拉夫,北为布蒙。
⑤ 传苏武牧羊就在此湖边。

贝加尔湖边怀古

曾经北海费沉思，此地匈奴据几时？①

啮雪吞毡苏武泪，行人往路李陵诗。

牛羊被野谁来牧，碑碣连岗我去迟。②

胤子两家存有几？风波失所古今悲。③

过买卖城④

阿山云起傍南行，随客经过买卖城。

野旷马牛齐解放，秋高星斗倍分明。

昔时白草争南牧，此日红旗竟北盟。

民族一家分两国，⑤如何相爱更相成。

---

① 作者自注：汉时苏武被匈奴流放至此，可知此地非蒙人所有。
② 湖边奥利汉岛，昔年有中国碑甚多，布利亚特人民常往祀之，修铁路时，俄人全毁去。
③ 中国文学家用词，在水国称风波，大陆称风尘，塞外称风沙。李陵送苏武诗曰："风波一失所，各在天一涯。"胤（yìn）子：后代子孙《李陵答苏武书》："足下胤子无恙，勿以为念。"
④ 北属俄，为恰克图，南即买卖城，中间旧留中立地二百码。
⑤ 南为蒙古人民共和国，北为布里亚特共和国。

恰克图至库伦①（二首）

一

夜静沙皆白，秋高草不黄。
女儿骑恶马，大野牧牛羊。

二

毛子造板屋，蛮子筑土墙。②
叩叩爱盖赖，③随地宿鸳鸯。

至诺颜山下苏珠克图地方访二百一十二古墓（七首）

一

诺颜山下万松秋，松下何王置寝丘？
万古长眠忽惊起，头颅无价入欧洲。

---

① 恰克图：苏联边境城市，在贝加尔湖东南，曾为中俄通商要埠。库伦（今乌兰巴托），是蒙古人民共和国首都。
② 蒙人称俄人为毛子，称华人为蛮子。
③ 叩叩，蒙女之称；盖赖，蒙古包。

二

道是匈奴可不疑，呼韩寇塞为名姬。
王嫱墓内知多少？绣鞯伤心殉葬时。

三

砝文缪篆秀而工，玉印还疑出汉宫。
苏武班超青史满，无名女子苦和戎。

四

金沙自是累名王，郁郁佳城竟被创。
皕十二坟秋草白，白头访古到穷荒。

五

竟无片石记雄名，胜迹湮于代几更。
宫女如花满毡帐，只今同客列宁城。

六

一坟数十美人尸，望断天兵破虏时。
转惜英雄多鼠窃，曹瞒只解赎文姬。

七

埋恨何年史不详,殉身遗痛等沙场。

中原兵败词人老,持节北来吊国殇。

访古墓夜宿招莫多中宵不寐出门望月有怀(二首)

一

山益深时月益明,空山明月倍多情。

月明更有松为侣,夜静风来渐作声。

二

马肥弓劲乘秋下,边患千年苦不支。

今日高吟漠南北,诺颜山下月明时。

出库伦

海陆奔驰艰复艰,北来今日庆南还。

清清图拉河中水,照见髯翁度汗山。

离库伦饭店后赋

离库伦千余里,荒山之阿,始见山榆一株,上有雀巢无数;再行百余里,过一华商商店,食后赋此。

行千余里见一树,
树上乌鸦巢无数。
沙漠风高不能栖,
来此仓皇日已暮。
仓皇兮仓皇,遇君兮沙场。
赐我膻肉兮赠我酪浆?
君之惠兮未能忘?
饭不熟兮饥欲死;
腹已饱兮吟不止?
此行见闻良已多,
华人自称曰蛮子。
经商之利真何在,
移民之难复如此。

外蒙道中（二首）

一

朔野驰驱兴倍酣,沙场风物颇能谈。
参天乔木腰及膝,穴地飞鸟北又南。
垂老从戎独自许,中原大乱共谁戡。
饥时羊奶兼驼奶,饱食才知味最甘。

二

地老天荒鸟不哗,飞车似水走干沙。

多情明月来戈壁,如洗穹庐赠奶茶。

人种于今随地理,牛羊自昔当桑麻。

海棠如掌真奇艳,①阔叶全蒙独此花。

外蒙道中日暮

万岁复万岁,高呼沙漠中。②

草连衰鬓白,沙映夕阳红。

麻雀栖平地,黄羊走晚风。

黑人矜改革,③酪亦醉髯翁。

留昭苏税关数日拾薪煮饭

晚拾薪回月已斜,掏坑做饭煮砖茶。

髯翁不费吹嘘力,釜里微茫见浪花。

---

① 作者自注:有花类印度海棠,命名之曰野海棠。
② 见蒙人呼万岁,同行者亦高呼和之,谓此次归里必成功。
③ 蒙人称平民为"黑人"。

露宿外蒙兵营①（二首）

一

星斗低昂落枕边，多情明月映胸前。
幕天席地吾滋愧，一夜沙场自在眠。

二

天似穹庐容我住，地无租赁任人眠。
乾坤真作卑田院，②脚动星辰亦偶然。

复由外蒙兵营往塞尔乌苏道中

往辙追寻又北行，西风击面作边声。
沙深能使车无力，路远方悲地不平。
独秀峰前看日出，白头山下望云生。③
长途新识金皮柳，作箸为筇并告成。

---

① 时作者自苏回国，途经蒙古，误入沙漠，露天野宿而作。
② 卑田院，即养济院，收容乞丐之所。
③ 作者自注：蒙古山多无名，独秀峰、白头山，皆余沿途在风景最佳处所题名也。

过塞尔乌苏

车行三百里，处处是沙场。
地僻名难记，人稀路易荒。
牛羊似沙砾，水草作家乡。
飞鸟投何处，途间又夕阳。

自黑教堂遇险后北行至嘎嘎图遇中国商人（二首）

一

脱险沙陀旧壤来，不堪回首使人哀。
沙葱山韭饶风味，容得劳人饱一回。

二

黄河几折落包头，塞上人还岁已秋。
地变天荒一洒泪，为谁惋惜复谁尤。

入乌兰脑包①

老困穷荒莫再论，时时有梦入关门。②
十年旧句今成谶，一夜归心过五原。

---

① 脑包，即敖包。
② 作者自注：余七年归里过延长时，有此句。

临河[1]道中

乌拉山前塞雁过,[2]临河城外望黄河。
河渠似网田原美,地主如狼数渐多。
古道秋风卧战马,[3]平沙夜月走明驼。
千年征伐余荒草,羞唱英雄得宝歌。[4]

黄杨木头[5]十四夜忆内子高仲林

女偕婿去游天下,孙作儿携慰暮年。[6]
一事报君君可恼?人家十四月儿圆。

露宿二之店[7]沙漠

万里奔驰岁月流,长城以外值中秋。
盖天铺地黄河岸,沙拥如山作枕头。

---

① 临河:县名,在内蒙古自治区彦淖尔盟南部河套平原上。
② 乌拉山:在内蒙古自治区包头市西南30千米处,古称阳山。
③ 作者自注:路旁死马甚多。
④ 得宝歌:汉元鼎四年,得宝鼎后土祠旁,因作宝鼎之歌。
⑤ 黄杨木头:地名,在今内蒙古自治区五原县西南。
⑥ 孙:指作者外孙屈北大。
⑦ 二之店:地名,在今内蒙古自治区乌兰布和沙漠地带。

边墙下见雁①

长城窟上一哀雁，北海相逢争寄书。
朔漠无食我同困，与尔才度狼居胥。②
月落烟横塞上下，沙飞红映柳萧疏。
中原限日贼授首，更欲托君归报渠。

磴口③中秋

明月何必悬磴口，黄河多事走中原。
中原大乱连三辅，明月中秋似故园。
李广有功仍不幸，休屠无后莫呼冤。④
弯弓跃马谁家子，独立无声遍塞垣。⑤

中秋过贺兰山下

护巢苍隼安云晚，失水神龙讵足忧。
大地驰驱四万里，贺兰山下作中秋。

---

① 作者自注：在上乌金斯克时见雁，与布利亚特友人谈及苏武寄书事，并云："此雁入中国必较余早。"
② 作者自注：狼居胥：古山名，在今内蒙古自治区西北。
③ 作者自注：磴口：地名，在今内蒙古自治区境内，东临黄河。
④ 作者自注：李广，西汉名将，善骑射，号曰"飞将军"。休屠：指匈奴休屠王。
⑤ 作者自注：土人称土匪为独立队。

出宁夏望贺兰山积雪

贺兰山下作中秋,山上飞雪已白头。
垂老才知边塞苦,轻驱十万出灵州。①

宁夏南行道中

回回争为自由战,勃勃宁闻天下汹。
我离宁夏还北望,贺兰如马河如龙。
葡萄频熟无美酒,罂粟时丰病贫农。
山川壮丽人民困,不信朔方剑气冲。

咏宁夏属植物

枸杞实垂墙内外,骆驼草映路高低。
沙蒿五色斓如锦,发菜千丝柔似荑。
比屋葡萄容客饱,上田罂粟任儿啼。
朔方天府须梁栋,蓬转于思西复西。

---

① 灵州:地名,在今宁夏回族自治区灵武县西南。

固原①道中

两马一车一破裘,一筇相伴入原州。
鸡鸣半个城边雨,叶落须弥山下秋。②
地变难禁城不毁,途长只是老堪忧。
人生尽瘁非奇事,君看乡村服轭牛。

邠县③道中

已过邠人剥枣期,满川梨尽柿犹垂。
遗民争说灯山好,④应记前朝避乱时。

西安城围启后再至药王山⑤

倚杖行吟西复东,药王山上夕阳红。
重寻万里归来路,再作三年别后功。
洞口雪深迷胜迹,岩前柏老映衰翁。
三秦战垒民间满,袖手无聊泣晚风。

---

① 固原,县名,在今宁夏回族自治区南部,位于清水河上游,邻接甘肃省。
② 须弥山,在银川市固原县城西北55千米的寺口子河北岸,又名石门山,上有石门关遗址。
③ 邠县,在陕西省,今作彬县。
④ 灯山,半岸石屋,传闻是唐人避乱时凿。
⑤ 1926年,刘镇华在直系军阀吴佩孚支持下,围攻西安。作者受李大钊委托,前往苏联,敦促冯玉祥回国,9月17日在五原誓师,11月解西安之围。解围后,作者再至药王山,感怀而作此诗。

闻庐山舆夫叹息声

上山不易下山难,劳苦舆夫莫怨天。
为问人间最廉者,一身汗值几文钱。

邓尉看桂①

家家摘蕊尽盈筐,晚桂丰收万井香。
曳杖行吟香雪海,人间何事不能忘。

题李西屏藏《黄克强先生遗札》②

生时左右难成派,死后孙黄尚并称。
废纸堆中见真性,危微之际至兢兢。

---

① 邓尉,即邓尉山。在江苏省苏州市西南。山多梅花,著称于世,而桂花亦有名。
② 李西屏:名翊东,湖北黄冈人,曾参加辛亥武昌首义,中华人民共和国成立后,任湖北省政协副主席。黄克强:即黄兴,湖南善化(今长沙)人,原名轸,字廑午,号杞园,又号克强,1911年领导广州起义(黄花岗)。1914年孙中山在日本组织中华革命党,黄兴因与孙中山意见不合,拒绝加入。不久,黄兴旅居美国,积极策动讨袁,与孙中山呼应。1916年回国,同年10月31日在上海病逝,遗著编为《黄兴集》。

与张秉三、赵古泥游尚父湖①

尚父湖波荡夕阳,征诛渔钓两难忘。
穷羞白发为文士,老羡黄泉作国殇。
落叶层层迷去路,横舟缓缓适何方?
桂枝如雪枫如血,猛忆关西旧战场。

虞山②纪游(二首)

一

十年储泪潼关道,此日抽身虞仲山。
野鹤闲云中有我,相亲相伴寄人间。

二

落叶无声积几层,空山蹀躞老犹能。
江南古寺闲游遍,也算西来一野僧。

---

① 张秉三:浙江吴兴南浔镇人,诗人,收藏家。赵古泥:江苏常熟人,篆刻家。尚父湖:在常熟。
② 虞山:地名,在江苏省常熟县西北。

题经颐渊、廖何香凝、陈树人合作《岁寒三友图》[①]（二首）

一

紫金山上中山墓，扫墓来时岁已寒。
万物昭苏雷启蛰，画图留作后人看。

二

松奇梅古竹潇洒，经酒陈诗廖哭声。[②]
润色江山一枝笔，无聊来写此时情。

后湖[③]春游

玄武湖中水渐深，紫金山下柳成阴。
民间艳曲何人唱：蚕豆花开黑了心。[④]

---

① 经颐渊：字子渊，名亭颐，浙江上虞人，著名教育家。陈树人：广东番禺人，著名岭南派画家，1948年10月4日在广州病逝。何香凝：广东南海人，廖仲恺夫人，新中国成立后，历任政协、民革中央副主席等职，擅长国画，1972年9月10日病逝。

② 经酒：指经颐渊举杯痛饮，以酒消愁。陈诗：陈树人作诗抒怀："不尽长江渺渺情，雾消晴放一身轻。飘然橐笔三千里，半为游山半写生。""短衣匹马逐春风，百越山河照眼雄。揽辔越王台上望，鹧鸪声里木绵红。"廖哭声：指何香凝痛志士惨遭杀害，悲愤地放声痛哭。

③ 后湖：即玄武湖，在南京玄武门外，又称练湖，南朝时曾为操练水军之地，故名。

④ 作者自注：末句为民歌。

邓尉看桂

不是鸱夷去不回,朝吟暮醉看花来。
无端梦落关西道,败苇枯荷满眼哀。

黄埔战死者的挽歌[①]

　　光荣啊光荣,你们是革命的前军。"黄埔精神","黄埔精神"。我们不说甚么"人杰",也不说甚么"地灵",我只知你们是三民主义的精兵。你们的校训啊:"亲爱精诚"。你们为解放被压迫的人们而英勇猛战,慷慨牺牲。从民众的呼声里,完成了你们伟大的革命人生。

---

　　① 此歌作于1928年。作者于右任为黄埔军校校务委员,黄埔初成立时,称岛上小山为升旗山。他曾题对联一副;"登高望远海(上)立马定中原(下)"读之使人胸襟广阔,斗志昂扬!

邓尉看桂归次木渎①，与林少和、王启黄、张文生、祁筱峰饮于石家饭店

老桂花开天下香，看花走遍太湖旁。
归舟木渎犹堪记，多谢石家鲃肺汤。

大炮弹壳题词②

当年奉赐兮何意？今日追怀兮堕泪。
平不平兮有时，百折不回兮此物此志。

归陕次潼关作

迟我遗黎有几何？天饕人虐两难过。
河声岳色都非昔，老入关门涕泪多。

---

① 木渎：镇名，在江苏省苏州市灵岩山下。
② 作者自注：此民元总理所赐也，敬为句以志之。1929年6月2日右任书于南京。编者按：1912年，孙中山赐予作者炮弹壳一枚，作者加以珍藏，至1929年又题此诗。

北 归

卧病久蹉跎，归程计几何？

难携东海雨，苦执鲁阳戈。

人与河山老，诗真血泪多。

渭南还渭北，惆怅莫经过。

斗口村①扫墓杂诗（六首）

一

水环三面白公渠，垂老重来省故居。

犹记阿娘哭阿母，报儿今岁读何书。②

二

发冢原情亦可怜，报恩无计慰黄泉。

关西赤地人相食，白首孤儿哭墓年。③

---

① 斗口村：在陕西省泾阳县，作者祖籍地。
② 作者自注：这首悼先母赵太夫人。墓在陕西省泾阳县斗口村。
③ 作者自注：这首悼先伯母房太夫人。

三

袖中书本袋中糖，入学相携感不忘。
恸绝江南亡命日，弥留犹唤申还乡。①

四

伤心党祸走西南，茧足千山带病还。
难忘床前挥涕语，盼儿星夜出潼关。②

五

发愤求师习贾余，东关始赁一椽居。
严冬漏尽经难熟，父子高声替背书。

六

手写遗书何处寻？每翻迁史泪沾襟。
微风吹动坟前草，犹似麻衣殉葬心。

题白龙山人青云直上图③

小朋友，小组织。
将成功，要努力。
一心一德，真了不得。

---

① 申，于先生幼时乳名，这首悼先三叔祖重臣公。
② 作者自注：这首悼先父新三公。
③ 白龙山人，为民初上海名画家，但此诗作于何年待考，作者于1929年6月曾为其爱女于楞（于芝秀）书写。

归省杨府村①房氏外家（五首）

一

朝阳依旧郭门前，似我儿时上学天。
难慰白头诸舅母，几番垂泪话凶年。

二

无母无家两岁儿，十年留养报无期。
伤心诸舅坟前泪，风雨牛车送我时。

三

记得场南折杏花，西郊枣熟射林鸦。
天荒地变孤儿老，雪涕归来省外家。

四

桑柘依依不忍离，田家乐趣更今思。
放青霜降迎神后，拾麦农忙散学时。

五

愁里残阳更乱蝉，遗山南寺感当年。
颓垣荒草神农庙，过我书堂一泫然。

---

① 杨府村：在陕西省泾阳县。

华清池[1]携楞女晚望

东岭西岭雪犹飞，西窑东窑人渐归。
老农争说今年好，田水增温韭尚肥。

雪后出关作

黑经还乡又此离，关门眷恋复何为？
天时人事皆难再，昔往今来剩有诗。
雪霁山犹如处女，年荒雁亦似孤儿。
河冰夜合繁霜降，万树花开祖道时。

题金铁芝集大鹤山人遗墨[2]

剩稿装成意态真，名家无处不传神。
回思廿载阿招寓，枉费词宗作介人。[3]

---

① 华清池：在今陕西省西安市临潼区东南骊山山麓。
② 金铁芝：江苏无锡人，工篆刻。大鹤山人：即郑文焯，字俊臣，号小坡、叔问，晚号大鹤山人，奉天铁岭（今属辽宁省）人，工词，精通音律，兼长书画，有《樵风乐府十卷》，《大鹤山房全集》。
③ 词宗：指朱孝臧：原名祖谋，字古微，号沤尹，又号疆村，浙江归安（今吴兴）人。进士，授翰林院编修，礼部右侍郎。著名词人，集清季词学之大成，所编《宋词三百首》，流传甚广，故被后人誉为"词宗"。

十九年一月十日夜不寐,读诗集联

朝写《石门铭》,
暮临《二十品》。①
竟夜集诗联,
不知泪湿枕。

题《百花卷子》赠畹华②

春动万花忙,梅先天下香。
送君携国艺,同渡太平洋。

赠林子超先生

子超先生属书黄花岗相遇赠诗,误记首句,因足成此绝。时同在南京总理陵园也。③

黄花岗上万花黄,粤海曾偕吊国殇。
今日同君作陵户,紫金山畔看朝阳。

---

① 石门铭:帖名,笔力深厚,结体奇伟,在魏碑中为飞逸浑穆之宗。二十品:又称龙门二十品,北魏正书摩崖刻石。在今洛阳市龙门石窟。

② 1930年春,梅兰芳将赴美演出,辛亥革命老人于髯翁意兴豪迈,集海上名画家绘百花卷子赠畹华,以壮其行,髯翁挥毫题诗。梅兰芳抵纽约,受到热烈欢迎,接受了波莫纳学院和南加利福尼亚大学名誉文学博士的学位,载誉而归。

③ 总理陵园:即江苏南京市孙中山陵墓。子超:即林森,福建闽侯人,字子超,号长仁,又号天波,晚年别署青芝老人,1905年加入同盟会,后来任国民政府立法院副院长,1932年起任国民政府主席,1943年在重庆逝世。

杂　咏（三首）

一

儿女割家珍，造像悬岩下。
问我礼何人，给孤独尊者。

二

载主誓东征，遗黎尽稽首。
如何牧野后，牛马为己有。

三

大江流日夜，声彻千余年。[①]
独有宣城守，高咏平民田。

[①] "大江流日夜"是谢朓《暂使下都夜发新林至京邑赠西府同僚》诗句。谢朓，字元晖，陈郡阳夏（今河南太康）人，齐明帝时，为宣城太守，世称谢宣城。

苏游杂咏（三首）

一

不读蕲王万字碑,^①功名盖世复何为？
江南苦念家山破，我亦关西老健儿。

二

响屧廊前游女多，采香径畔牧儿歌。^②
秋风吹动闲花草，惹得词人唤奈何。

三

桂花香里鲃鱼肥，载酒行吟归不归？
秋老太湖人醉也，江山满目雁南飞。

---

① 蕲王：即南宋抗金名将韩世忠，字良臣，陕西绥德人，曾任两狼关总兵。金兀术入侵中原，韩父子各独骑猛踹金营抗敌，后因功封蕲王。
② 响屧廊：在今江苏苏州西灵岩山，相传春秋吴王令西施步屧，廊虚而响。采香径：即今江苏苏州香山西下箭泾。

樗园访陈树人①先生，观桂林游后作品即赠

头白江湖更放歌，桂林归后兴如何？
樗园真是高人宅，古木参天画本多。

与陆一、恺钟、柏生、祥麟同游宋王台②

桑海遗闻剩此台，兴亡转眼更堪哀。
要知地尽心难尽，留得遗民吊古来。

与陆一、恺钟、祥麟同谒黄花岗七十二烈士墓（二首）

一

招国魂兮思国殇，报国羞谒黄花岗。
黄花满地天如晦，白发安能死战场。

二

黄花岗前故人哭，料我今世重来不？
余生莫诉神州恸，采得黄花已白头。

---

① 陈树人，广东番禺人，早年习画，潜心研习，成为岭南画派创始人之一。樗园是他在广州的寓所。
② 恺钟、柏生、祥麟均为作者三原同乡。祥麟，即李祥麟，善草书，与刘延涛共组标准草书社，曾任作者秘书。宋王台，在九龙湾西岸之圣山，今存"宋王台"三字刻石。

頭白江湖更放謌,桂林歸後興如何,樗園宅古木參天,畫本多

樗園訪梅人先生 右任

与陆一、恺钟、祥麟同游九龙①

九龙湾复湾,江中映青山。
时忆肖公语,伤心过此间。②

为寒琼、月色题所藏《曼殊画册》③

世人莫评曼殊画,大彻大悟还如痴。
春衣细雨江南夜,记得红楼入定时。

陆幼岗兄设计画图感赋(二首)

一

黄花岗与红花岗,憔悴人来吊国殇。
多少英雄骨血在,岁寒无语泣斜阳。

二

苦斗成功定有期,髯翁曾立断肠碑。
多君能画当年事,如见辕门血战时。

---

① 九龙系广东省粤江口向南突出的一个半岛,与香港隔水相望。
② 作者自注:"肖佛成先生谓过此伤心。"
③ 作者自注:曼殊:即苏曼殊,原名玄瑛,字子谷,广东香山县(今中山市)人。近代文学家,能诗善画,留学日本,后出家为僧,著《苏曼殊全集》。

题李毅士①《长恨歌画意》

一篇《长恨歌》,②画中尽其美。
海上无仙山,民间有野史。
诗人为诗戒将来,学人为学觅画材。
不为当世文人习,严以自律见心裁。
太真含笑白傅醉,披图今古心为开。
乃知天下无难事,有真识者世所推。

粤秀山③前看木棉

粤秀山前花乱飞,岁寒南下念将归。
参天无数英雄树,万井啼寒未有衣。

谢英伯④约素餐于黄花考古学社,座有寒琼、月色

英伯英气今犹昔,抱残守缺天下知。
黄花别馆人将老,采得黄花赠与谁。

---

① 李毅士,中央大学西画教授,专工人物画。
② 《长恨歌》为唐诗人白居易作。
③ 粤秀山,即越秀山,在广州市北面,是著名风景区。孙中山在广州任非常大总统时,曾在山腰的越秀楼工作和从事著述。现"孙先生读书治事处"纪念碑,即越秀楼故址。
④ 谢英伯:名华国,号抱香,广东梅县人,老同盟会会员,南社诗人。

越秀山前花乱飞，岁寒南下会将归。
无数英雄树万井，啼寒未有衣。

于右任

越秀山览木棉

樗园①夜坐有怀经颐渊

醉摹爨宝子,②醒游白马湖。
半醒还半醉,狂写岁寒图。

诣翠亨村③（三首）

一

山围海绕翠亨村,郭外朝西故宅存。
世界劳民思救主,同来瞻拜圣人门。④

二

犹有遗闻寡姊传,墙隅手种树参天。
井旁两世降生地,⑤老屋翻修三十年。

三

当年首义同村者,大节堂堂天下闻。
一代人豪争想象,犁头尖下陆公坟。

---

① 樗园是陈树人在广州的寓所,注见前。
② 爨宝子:即爨宝子碑,全称《晋故振威将军建宁太守爨宝子之碑》,东晋碑刻,正楷书"魏碑"。厚重古拙,体势飞扬。与南朝宋时《爨龙颜碑》,合称"二爨"。
③ 翠亨村:在今广东中山市,孙中山故居所在。
④ 圣人门:指孙中山之门。
⑤ 两世降生地:指孙中山与孙科均降生于此。

题高奇峰[1]画

笔有奇峰人似之，奇峰无处不称奇。
苍梧哭罢先元帅，心血都捐为义师。

与子逸[2]饮马牧集

停车马牧集，痛饮胡为者。
白也为余言，此古战场也。

洛 阳

又见元公卜涧瀍，[3]生民转望共和年。
烈风雷雨原天意，君欲东征莫问天。

与力子、学文、[4]郭玉堂游孟津

载主东征可有人？书生叩马更无因。
春风黄鸟邙山道。日淡孤城见孟津。

---

① 高奇峰：画家，字硑，与兄高剑父系现代中国画流派——"岭南派"创始人，同盟会会员。
② 子逸，即李子逸，作者好友。马牧集：地名，在河南商丘市东，地当要冲，古为兵家必争之地。
③ 《书·洛诰》"我乃卜涧水东，瀍水西。"《禹贡》："伊洛瀍、涧既入于河"，下游即今洛阳市西一段涧水。
④ 力子，即邵力子，浙江绍兴人，原名景奎，字仲辉。学文，即傅学文，江苏宜兴人，邵力子之妻。

为溥泉①先生题何叙甫《入关画册》

太白西来地脉长,龙兴虎视亦寻常。
关河生色将军画,敢道雄奇似故乡。

游龙门②观造像

龙门造像名天下,岁岁伤残感不胜。
妙相雕镌随代异,摩崖椎拓及春兴。
时来顽石皆成佛,运去灵山竟少僧。
满目疮痍同一慨,回车痛哭我何能。

花上之水痕我之汗也

青山在屋上,流水在屋下。
中有五亩园,花竹秀而野。

---

① 溥泉:即张继,河北沧县人,初名溥,字溥泉,曾留学日本,早年与人创办报刊,1947年在南京病逝。

② 龙门:一名伊阙。在今河南洛阳市南。因龙门山(西山)与香山(东山)隔伊河夹峙如门,故名。长期以来,龙门佛像横遭摧残,帝国主义分子盗走不少手雕佛头,令人不胜感慨。

龙门造像名天下，劫余伤残感石勝。妙相彫鎸随代发，摩崖椎拓及春兴。时来顽石皆成佛，运去名山竞少伦。满目创荑同一慨，迴車痛哭我何能。

伯敏贤甥法家正之　于右任

龙门造像有感
廿年

溥泉先生游秦得山史手跋《争座位帖》①嘱题

风流久寂寞，珍拾待庵回。
华下王郎问，亭林来未来？

题华孝康藏《赵临兰亭》②

赵临《兰亭》一册，旧为井勿幕先生物，后附山水画乃鹤九宗兄之笔。吾友华孝康得此纪念物于西安市，携来京中，嘱余为跋。自陕西靖国军起后，张义安、董振五、井勿幕、于鹤九、李春堂诸同志先后殉难，而此册则井、于二公之精灵寄焉。因赋此诗，以寄余哀。

回思于井诸君子，正气支撑靖国军。
一册兰亭映残画，抚摩如哭故人坟。

题陈树人先生画晋祠③周柏

载笔春秋又此篇，犹闻太息晋祠前。
祠中古柏知何纪，曾见桓文两少年。

---

① 争座位帖：唐颜真卿书，有篆籀气，字相连属，诡异飞动，得于意外，为颜书第一。
② 赵临兰亭：兰亭，指《兰亭序帖》，著名晋代书法家王羲之书。唐太宗李世民喜爱王羲之书法，获此帖后，曾命欧阳询、虞世南、褚遂良、冯承素等人摹拓，原迹葬入昭陵，造成千古憾事。赵临兰序，指元代书法家赵孟頫的临写本。
③ 晋祠：在山西太原市，为中国最古老的园林建筑之一，山环水绕，古柏参天，有100多座殿、堂、楼、台。

太白山纪游歌①

巍巍乎太白,

高度一万二千有余尺,

虽与博克达汉腾格里诸峰难比并兮,②

亦足杰峙于其侧。

莽莽数千年,

名山博大高洁之精神,

竟未尽宣于册籍。

高据西北雄且尊,

太华少华如儿孙。③

李白想象诗两首,

东坡趑趄驻山门。④

文人学士终古不敢往;

年年朝山而祈灵者,

惟有西北困苦之人民。

百难自慰来上诉,

---

① 作者自注:余本欲为游记,继思以韵文为之,为易记也。因成此篇,故曰:《太白山纪游歌》。按:太白山距陕西省眉县城南20千米,海拔4000多米,是关中最高的山峰。"太白积雪",古为关中八景之一。

② 博克达,即博格达山,一称博格多山,在新疆维吾尔自治区中部。汉腾格里,即汗腾格里峰,在新疆维吾尔自治区西部中苏边界上,为天山主峰之一。

③ 太华:即西岳华山。少华:在华山之西。

④ 诗两首:李白有《登太白峰》、《古风·太白何苍苍》两首诗。东坡:宋代文学家苏轼,字子瞻,号东坡。苏轼《太白山下早行至横渠镇书崇寿院壁》:"再游应眷眷,聊以记吾曾。"

家家如有太白神。①
余家距山二百里，
山如当门咫尺耳。
少小挟书入学时，
朝朝暮暮见其美。
爱唱六月积雪歌，
欲往游之有年矣。

去岁九月归西京，
曾约张邵杨同行。②
嗣闻冰雪封其道，
太息有志竟不成。
卧病申江春复夏，
病起西行道关下。
张杨相左关门前，
邵因坠马疑作罢。
讵知同学勇过我，③
弱者自强能称霸。
曾偕女杰傅与陆，
傅为贤助陆新嫁。④
生物地质约专家，
彼此欣然乃命驾。
计时已至八一九，
乡人为语时伤后。

---

① 太白神：《一统志》："山下将军，不得鸣角鼓，鸣则疾风暴雨立至，上有洞，即道书第十一洞天。又有太白神祠。"
② 作者自注：张溥泉、邵力子、杨虎城三先生。
③ 作者自注：同学指邵。
④ 作者自注：陆为雷孝实厅长夫人，新结婚者。

不如明年趁早来，
否则封山恐不久。
前途如何均不计，
进虽迟疑怯则否。
山阴之路闻有四，
毅然选定营头口。①

入山首宿蒿坪寺，②
胡桃栗树蔽天地。
白云明月自入门，
破寺远收万山翠。
野棉花开草亦妍，
山石榴繁川献媚。
檞叶已少诗人珍，
夜深重读雪木记。③
山人有洞是耶非？
山人名迹微乎微。
山人佳句吾能诵，
百尺孤松一鹤归。④

二日抵大殿，菩萨山之首。
其首五台山，峰峰妙无偶。

---

① 营头：太白山下小地名。
② 蒿坪寺：太白山寺名，因在艾蒿坪，故名。作者曾为此寺题额。
③ 作者自注：李雪木为山下人，有檞叶集。雪木记：指《眉县志》中所载贺瑞麟撰《创修李雪木先生祠堂记》。李柏，字雪木，明末眉县人，曾隐居太白山大雪崖洞苦学十年，力耕之余，朝夕吟咏，拾檞叶书写，门人编为《檞叶集》。
④ 作者自注：百尺孤松一鹤归：李柏《入少白山》一诗中的名句。全诗是"露濡林光连濡滴，云涵雨意带秋飞。带头遥见青天外，千尺孤松一鹤归。""百"字当作"千"字。

虽低太白高岳镇,①
捍卫山门功不朽。
三日向阳寺中待,
一路奇观现雪海:
上是青天下白云,
人居中间行自在。
数百里中铺一色,
如脂如棉变成彩。
又如远海不尽之波涛,
大起大伏弥复载。
群峰露尖似鱼龙,
吞吐出没无主宰。
材木枞柏桦漆竹,
山行渐高树渐改。
苍苍万千落叶松,
乱石争地生重重。
枇杷大叶又小叶,
银背金背为大宗。
杜鹃如柴遍碧岑,
芍药开落自古今。
名花满地僧鞋菊,
异掌宜人手掌参。

四日路经文公庙,②
向天掀髯发一笑。

---

① 作者自注：菩萨山2600米突，华山2400米突，岳镇度数不知也，岳镇即吴岳。
② 文公庙：即韩愈庙。韩愈死后，谥号文公。

一封朝奏天下惊，
夕贬潮阳年已耄。
云横秦岭家未知，
骨委瘴江国难报。
念此凄然深下拜，
烈烈罡风天为怪。
似谓来者尔何人？
人生应不计成败。
国族于今危复危，
默默而亡有明戒。

乔木到此已不生，
火成岩裂路无情。
十二重楼时隐现，①
巨石悬空势欲倾。
皓然玉笋出云表，
参差险怪无由名：
或似老扶少，或似弟让兄，
或似战士执戈斗，
或似父老扶犁耕。
立者坐者似流饮，
卧者倚者如据枰。
又似猎者引弓射，
更似渔者垂钓防其惊。

---

① 作者自注：此处非十二重楼，余不知其名，误记耳。

偶翻古典引神话，
乃是西北耿耿之金精。①

忽然路转复云起，
大太白海在眼底。②
万朵祥云迎我来，
净水童子应时至。③
风云变换万千端，
高下楼阁涌目前。
地极高寒天又雨，
中宵衣冷再添棉。
山中小草杂百药，
采药人来岁如约。
风呼嵬嵬雨洒洒，
道士敬谨先嘱托。
不然雷雨立刻至，
神总不怪鬼作恶。

二太白海无真面，④
神帐子中露一半。⑤
三太白海如玉人，⑥
山作翠屏形团扇。
或谓神为尧舜禹，
下悯生民司雷电。

① 金精：指太白山。《天官占》："太白者西方金之精。"
② 大太白海：又名大爷海，在八仙台西北，呈椭圆形，湖水清澈碧绿，冰冷刺骨，至今不知其深度。
③ 作者自注：道士呼水上鸟名。
④ 二太白海：又名二爷海，在八仙台西南。
⑤ 作者自注：道士呼雾为神帐子。
⑥ 三太白海：又名三爷海，是个受断层控制的冰蚀湖。

玉皇池大佛池小，
一再请来平世乱。
十里五里难尽游，
地老天荒吾亦倦。
三海两池如子母，①
或占数亩数十亩。
一一分润到人间，
各成河流其利久。
绝顶飘渺八仙台，②
台上平原广漠开。
下视人间当一慨，
云雾阻我真奇哉？
芬君草木白君石，③
各采标本下山来。
所恨冰川寻未得，④
引为憾事人空回。
太白在西长白东，⑤
不堪回首雨濛濛。
一统中华谁再造？
转为西北忧无穷。

下山之难等上山，
凄风苦雨遍山间。

---

① 三海两池：三海指上面三个海，两池即玉皇池及佛池。
② 八仙台：系太白山的顶峰，状如不规则的三角形台锥，为秦岭群峰之冠。
③ 作者自注：芬为芬次尔，白为白超然。
④ 作者自注：冰川者，此行仅见大太白海旁一处似之。
⑤ 作者自注：太白、长白高处植物多同。

危途几经鸡上架,①

平地还忧石守关。②

神仙桥前望复望,

骆驼树下弯又弯。

山中不见绿发翁,

岂有仙人去不还。③

全山未知多少寺,

十寺道士仅三四。

山外凶荒山里饥,

农村破后难留置。

无寺不破破难修,

哀哀道士尚祈字。④

风调雨顺神何如,

国泰民安或待予?

劳人欲了公家事,

太白山头读道书。

题张树侯《书法真诠》后

天际真人张树侯,东西南北也应休。
苍茫射虎屠龙手,种菜论书老寿州。⑤

---

① 作者自注:鸡上架,山上险处地名。
② 作者自注:由菩萨山入大太白之关,有巨石。
③ 作者自注:李太白诗中语。
④ 作者自注:道士祈书,予大书"风调雨顺,国泰民安"八字赠之。
⑤ 寿州:古州名,今安徽省寿县。

题何香凝、王一亭①合作山水瀑布画

能为青山助,不是界青山。
出山有何意?声流大地间。

---

① 王一亭:名震,号白龙山人,浙江吴兴县人,画家,居士,尤擅佛像。

挽积铁子王鲁生先生（四首）①

一

虞公臂痛兴犹酣，白首埋名亦自甘。
《稿诀》歌成前数定，汉南不死死江南。

二

三百年来笔一枝，不为索靖即张芝；②
流沙万简难全见，遗恨茫茫绝命词？

三

多君大度迈群伦，得毁翻欣赏鉴真。
一段离奇章草案，③都因爱古薄今人。

四

牛首晴云掩上京，玉梅庵外万花迎。④
青山又伴王章武，一代书家两主盟。

---

① 王鲁生：名世镗，晚号积铁老人，天津人，生于清末，才华为大梁书院之冠，后至陕西安康隐居，得见汉代摩崖刻石。三十年不倦，有自书《增改草诀歌》刻石。于右任邀王至南京，未久，客死江南。
② 索靖：字幼安，西晋敦煌人，张伯英的姊孙，善章草及草书。张芝：字伯英，敦煌酒泉（今属甘肃）人，善草书。
③ 章草案：指王鲁生编写的《稿诀》，被人盗版，抹去王世镗的名字，诡称家藏古碑。王怒而起诉，因穷而败诉。作者助其再行控诉法庭，终以鲁生胜诉了却一桩书界公案。
④ 牛首：山名，又名牛头山，在南京市西。玉梅庵：民初著名书法家李瑞清葬处。

中秋薄暮，黄陂道中见伤兵[①]

伤兵叹息复叹息，日之夕矣月复出。
转诉人间爱赏月，不知敌机乘月伤吾骨。
明月阑，吾骨酸；明月残，吾骨寒。
民族生命争一线，吾身幸参神圣战。
军前歌舞作中秋，独惜更番不得见。
今宵明月圆又圆，定是吾军破胡天。
破胡天，破胡天，吾躯甘愿为国捐？

长歌复短歌（二首）

一

长歌长，短歌短；神圣战争方开展。
哥哥后，弟弟前；争将性命为国捐，
击破胡儿在今年。

二

短歌短，长歌长；万世荣名是国殇。
爱吾爱，仇吾仇；勇者不惧仁不忧，
大家起来卫神州。

---

① 这首诗是作者当年中秋节在湖北省黄陂路巡视途中看到伤兵后写的，表达抗战守土决心。

余 事

劳劳惜此髯，余事几曾兼。
治学勤思补，为书放亦严。
风云祈卫霍，鼓吹唤酸甜。
大战期将近，知应捷报添。

战场的孤儿（四首）

一

举国愁兵火，流亡何处归？
孤儿点点泪，湿透母亲衣。

二

东村屋煨烬，西郭人逃亡。
吾父征胡去，何时死战场。

三

左邻小妹妹，右邻小弟弟。
狂寇虏之行，居心不能计。

四

战场几孤儿，祖国几行涕；
何人卫祖国？中华此孩子？

鹧鸪天（三首）

一

十道琅嬛去不回，吾家文物亦成灰。
书生莫吊龙蟠里，争得金瓯带血归。
三尺剑，一戎衣；园陵曾见五云飞。
蹉跎兵马收京日，惨淡人民哭庙时。

二

万里河山染血痕，经年犹未净胡尘。
艰难皇祖开天战，劳瘁元公破斧身。
争独立，与生存；成功让尔我成仁。
为牺百万佳儿女，祖国何由报汝恩。

三

无限精诚接万方，元戎秉钺镇非常。
风云作圣人争睹，雷雨及时夜未央。
天运转，地机藏，大风吹动太平洋。
自由神女姗姗下，喋血人间认故乡。

鹧鸪天

仿爱国诗人陆放翁

十载珠环去不回，山河文物尚朱旧。我怀屡晤甌华色，唤不回一寝长同梦。忍见戎马再惊心，惨沦人民哭庙时。万里河山浮色底，坚持更发未沦区。萧旗难共谁再开，戈残存寝无几。破岁华，牟功陨恋亦分吊代。为样苦斗之夕，社国河山现渐焦。

三十七年十二 右任并录旧句

归里省斗口巷老屋

堂后枯槐更著花，堂前风静树阴斜。

三间老屋今犹昔，愧对流亡说破家。

一月八日晚臂痛偶成

艺成不济世，翻致百忧集。
因之早屏除，戮力赴时急。
改革探本源，万化为之给。
抱器苦日短，得时复操执。
草圣秘其传，大法无由立。
吾能助学人，闻一以知十。
作者不求进，天下何由入。
嗟尔痛臂翁，发白中夜泣。

重庆南岸黄山道中与力子、学文同行

山势层层起复潜，偶看真面益庄严。
雪来紫塞盘雄阵，雾隐苍龙见老髯。
工部咏怀其志苦，孔明谋国以身歼。①
千年名世精灵在，安用君平为我占？②

---

① 工部，指唐代伟大诗人杜甫。孔明：指三国政治家诸葛亮。
② 君平，即严君平，西汉隐士，名遵，蜀（四川）人，著有《道德真经指归》十三卷，现仅存七卷。

荣誉军人歌（二首）

一

男儿要当兵，
以身换太平。
我是幸运儿，
沙场万里行。
祖国危急诚万万，
大风起兮神圣战。
寸寸河山寸寸血，
国家至上生命贱。
何况胡儿胡马遍中原，
百万遗黎哭前线？
荣誉乎，男儿汉？
裹创为国平大难。

二

古之英雄，
报国扬名。
喋血杀敌，
无忝所生。
东战场连西战场，
同胞百万作国殇。
前仆后继争效命，
我断指耳庸何伤？
医官曾许百日好，
梦中复入高平道。
桃花飞雨柳飞棉，
甘以鲜血润青草。
君莫哭，我且笑？

祖国颂[①]（二首）

一

我们是中华民族英勇的好儿女，

我们是三民主义新中国的主人。

我眷恋你，

我呼唤你，

我不能忘记你。

你的一撮土，一滴水，一草一木，都是喷香的。

我不能忘记你，

我眷恋你，

我再再的呼唤你；

我愿为你而牺牲一切。

祖国万岁？

二

我们是中华民族英勇的儿女，

我们是三民主义新中国的主人。

我眷恋你，

我呼唤你，

我不能忘记你。

我回忆祖宗创造的艰难，

兄弟流离的痛苦，

家室遭贼毁灭的情形；

我不能忘记你。

---

① 此二首作于抗战时。

我眷恋你，

我再再的呼唤你；

我愿为你而牺牲一切？

祖国万岁？

与子逸、卓亭、伯纯同游李氏园，出浮图关野望，子逸有作，余亦继咏

白首同游憩李园，又经关上见平原。

麦苗风动芒争长，菜子花香实渐繁。

骑士更番调战马，劳工三两出荒村。

何当破敌收功日，载酒家山话国恩。

〔金缕曲〕
乡人来述家山之美

乡人来述家山之美劝北归者，作此答之

百事从头起。数髯翁，平生湖海，故人余几？褒鄂应刘寒之友，多少成仁去矣？到今日，风云谁倚？人说家山真壮丽。好家山，须费工夫理；南与北，况多垒。

乾坤大战前无比，愧余生，嵯峨山下，卫公同里。不作名儒兼名将，白首沉吟有以。料当世，知君何似？闻道伤亡三百万，更甘心，血染开天史。求祖国，自由耳？

〔鹧鸪天〕
偕庚由自西安往成都机中作

凭倚高风且觉迟,身悬万仞一凝思。山如列国争雄长,云似孤儿遇乱离。秦岭峻,蜀山奇;西南著我此何时?相随更是金天雨,洗净人间会有期。

〔减字木兰花〕
武汉回渝机中回望

极天芳草,珍重王孙行远道。如此江山,留恋词人往复还。诗情何许,毕竟寻思无著处。回首茫茫,江北江南几战场?

〔菩萨蛮〕
北战场事者有述,因赋此

太行隐隐云端见,胡儿昨夜窥防线。妄想入中原,骨灰归亦难。凌晨风雪作,久别创伤裹。奉命守黄河,天寒高唱歌。

〔捣练子〕
衡山①兄斋额与石居

衡山兄爱石成性,所至选石携归,陈列室中,以为旅行纪念,求题斋额与石居,因缀以词。

求石友,伴髯翁;取不伤廉用不穷。
会见降旛来眼底,石头城下庆成功。

〔中吕·山坡羊〕
神圣战争

忧愁风雨,迷离云树,流亡不尽艰难路。
寇何如?寇何如?中原春色还如故。
神圣战争当共负:兴,天定助;亡,人自取。

〔双调·拨不断〕
题《太炎遗像》

自《民呼》,及《民吁》,当年共作神州主②。
垂老请囚戏本初,伤时掷笔哭渔父。
到此时,先生知否?

---

① 衡山:沈钧儒,浙江嘉兴人,救国会七君子之一。中华人民共和国成立后,曾任全国人大常委会副委员长、最高法院院长等职,1963年在北京病逝。当年作者为题斋额后,侯外庐曾加识语:"右三字斋名为民主老人嘱题,寓意深远。昔朱舜水鼎镌之下,有明志之句云:'涅之缁之,莫污其白,磨之磷之,孰漓其淳。硁硁其象,硗硗其质,是非眩之而益明,东西冲之而不决。'与石居,其斯之谓欤。"

② 作者自注:余办《神州日报》时,自称"神州旧主",《民吁报》失败时,余至东京,先生曰:"我亦神州旧主,能不助君"。

〔南商调·黄莺儿〕
示冀野①、庚由

铁板唤谁来？祝词坛起霸才，

献身报国不负这新时代。

酸斋苦斋，甜斋丑斋，那权威个个真灵在。

有吾侪，中华民族，文运定重开。

〔中吕·醉高歌〕
题朱心佛藏季刚②遗墨

茫茫青简青山，此际何堪望眼。

金陵兵火黄家院，遗稿飘零几卷。

〔双调·殿前欢〕
题《全面抗战画史》

噪昏鸦，中原满地逞胡笳，沿江各口窥胡马。切莫嗟呀，看神州，放异花！

一战收功也，把血史，争图画。更高呼："中华万岁？万岁中华！"

---

① 冀野：即卢前，江苏江宁（今南京）人，原名正绅，字冀野。曾受教于词曲大师吴梅，先后任教于金陵、中央、暨南等大学，1951年病故于南京。毕生致力于词曲研究。

② 季刚：即黄侃，湖北蕲春人，字季刚，自号量守居士，曾拜章太炎为师，在北京大学、中央大学任教，1935年于南京病逝。在诗赋、音韵、训诂、文学理论等方面有很深的造诣。

〔黄钟·人月圆〕
阴雨连日,此情冀野、庚由知之也

云垂四野鹃声乱,梦绕战场还。鄱阳湖上,风陵渡口,大别山前。
(幺)文人呕血,将军效命,计已经年。南临大海,北连沙漠,万里烽烟。

〔中吕·醉高歌〕
题冀野《饮虹乐府》

十年慷慨歌声,远道流亡鬓影;
文人争起生民命,旗鼓中原待整。

〔中吕·四边静〕
读冀野、陶塘《秋兴词》,代夫人答之

艰难长路,风雨相将暂借居。
南北东西,何处诉,词人苦?
我怜渠,入厨。那个是蓬头妇。

〔双调·折桂令〕

季鸾弟癸丑十月十一日在北京入狱二十五年纪念①

危哉季子当年，洒泪桃源，不避艰难。

恬淡文人，穷光记者，呕出心肝。

吊《民立》，余香馥郁；说袁家，黑狱辛酸。

到于今，大战方酣，大笔增援。

廿五周同君在此，纪念今天，庆祝明天。

〔双调·殿前欢〕

谒工部草堂②

在成都时谒工部草堂，久欲为诗不成，今献此曲，以表微意

杜先生，江河万古想高名，柴门不正居然正。

谁到了夫子门庭，还能卖孝经？

大哉诗圣，为时代开生命。

临风一曲，也发天声。

---

① 作者自注：当时季鸾主持北京《民立报》，因宋案持正不阿，权奸胁诱，不为所动。及赣皖兵起，遂捕下军政执法处，羁押三月。及释，北方天已寒，吏给入狱时所着纱大褂以出。

② 部草堂：在四川成都市西郊外的浣花溪畔。759 年，唐代诗人杜甫曾在此结草庐，故名。

〔双调·殿前欢〕
《太白集》[①]中战争文学特精奇，爱而咏之

李青莲，三杯拔剑舞龙泉。谁家血色开生面？
不做神仙，文章更值钱。
庸儿眼，那知道民族精神战？
认大作为乾坤啸傲，风月消闲。

寿张季鸾[②]

榆林张季子，五十更风流。
日日忙人事，时时念国仇。
豪情托昆曲，大笔卫神州。
君莫谈民立，同人尽白头。

---

① 《太白集》：指唐代大诗人李白的诗集。
② 作者自注：季鸾为《民立报》中旧同事。编者按：张季鸾，陕西榆林人，著名报人，长期任《大公报》总编，1941年逝世。

〔双调·拨不断〕

祝民国二十八年（二首）

一

告同胞，都知道：今年战事应全好。
入寇胡儿马不骄，中兴祖国天方晓，反攻时到？

二

信今年，异往年；今年国运应全转。
运转人人唱凯旋，凯旋世世无边患。
但勿忘国家多难。

〔双调·拨不断〕

慰屏轩

屏轩在前线屡以书来请为父书墓表，先此慰之。

孝能忠，忠能勇，山河血战争为用。
出险船儿万里程，磨肩担子千斤重。
且看他日车翻动？①

---

① 反少陵《瞿塘两崖》诗末句意。

〔南吕·金字经〕

吊经子渊先生

白马湖边宅,黄牛峡里舟,苍茫家国愿难酬!
留,海上忆同仇。寒之友①,风雪卫神州。

〔正宫·塞鸿秋〕

温泉望缙云山②

相思岩上相思寺,相思树结相思子。
相思鸟惯双双睡,相思竹自年年翠。
似羡白云飞,敢作劳人计,
更临风,欲唤高僧起。

〔中吕·醉高歌〕

北温泉山前眺望③

当年落日停桡,一浴荒池破庙。
重来小坐江天好,绿水青山白鸟。

---

① 作者自注:公病中每以不死重庆为恨。"寒之友",公与同人所组书画社也。
② 缙云山:在重庆市郊区,为著名风景区。
③ 作者自注:十八年前,余由江东下,于此露浴,时地方不靖,至渝,友人传为笑谈。

时代政治家怎样为全民族效忠[1]

我们的目标,我们抗战建国的光明大道?
四万万同胞齐起来,效忠祖国,前进,怒号?
粉碎明治遗策,胜利之路非遥。
那里弥漫着全人类的欢呼,响彻云霄:
那里放出了历史的光芒,永久在照耀?
在今年,这个充满着希望的新年里,我们要吐气扬眉,
伸一伸我们伟大民族的怀抱?

〔越调・天净沙〕
寄孙总司令蔚如[2]

中条雪压云垂,黄河浪卷冰澌?
血染将军战史,北方豪士,手擒多少胡儿。

---

① 此首作于 1939 年元旦。
② 孙蔚如:陕西西安人,毕业于陕西陆军测量学校,曾入杨虎城部。中华人民共和国成立后历任国防委员会委员、西北行政委员会委员、陕西省副省长、陕西省政协副主席等职,1979 年 7 月 27 日病逝。

游金堂云顶山遇雨

同游者林少和,曾通一暨屈经文、曾用修、高尚德。①

楠生石合见精诚,五百年间愿竟成。
众口流传唐故事,山腰磨灭宋题名。
林泉如意难逃隐,雷雨连宵正放晴,
明月不来亦何憾,大云顶上看云层。

尹默与行严竞和寺字韵,又与冀野竞曲,名曰《长打短打》②

文豪争霸上清寺,时时发现奇文字。
髯也退伍一老兵,一军虽起何足异?
列星耿耿聚江岷,芒寒气正气阊阊。
敢窃一语为君赠,万里浩荡谁能驯?
乾坤大战及三载,词场元老几人在?
中兴作颂谁复谁,我思韩潮与苏海。
君能左揖关汉卿,又使长沙见猎惊。
山河百战一枝笔,长打短打俱闻名。

---

① 作者自注:《胜览》:"先是寺有楠树已枯,石离而为二,有头陀语云:'五百年后寺当废;若楠再生石再合,然后复兴。'后竟巧合云。"屈经文:即屈武,字经文,注见前。云顶山,在四川金堂县南。

② 尹默:即沈尹默,浙江吴兴人,原名君默,字中,书法家、诗人,五四时期,从事新文化运动,中华人民共和国成立后任中央文史馆副馆长等职,工书法,以行书著名。行严:即章士钊,湖南长沙人,字行严,曾任北京大学教授、北京农业大学校长等职,中华人民共和国成立后曾任中央文史馆馆长,1973年5月25日赴香港探亲,同年7月1日在香港病逝。

生日往北碚道中

须发何期渐有霜,长途碌碌复相忘。
身非名世承新运,心似孤儿恋故乡。
雷雨及时万族乐,山川效命百工忙。
金刚坡上频回首,多少英雄在战场。

〔浣溪沙〕
题章太炎先生赠丁鼎丞兄诗卷①

二十四年三月,丁先生自南京访太炎先生于苏州,留两日,太炎为诗送之,二十九年兄在渝出诗卷嘱题。

论韵疑年老益亲,黄花节日雨频频;
余杭赠句墨如新。学术昌明关运会,
江山战伐苦生民;西来白首祀经神。

〔正宫·鹦鹉曲〕
慰冀野

冀野在白沙印吴霜厓遗书、《南北词简谱》成,治曲者得有准绳,可以报霜厓于地下矣。作此慰之,用白无咎韵②

奔驰万里昆明住,歌当哭,一个白头父。
更辛勤手订遗文,欲唤中天雷雨。
(幺)叹人间,调晦声沉,怎耐客中仙去?
有疏斋遗命无忘,认法曲千秋响处。

---

① 丁鼎丞,即丁维汾,字鼎丞,山东日照人,同盟会会员,曾任国民党南京政府"监察院"副院长。
② 吴霜厓,即吴梅,江苏长洲人。字瞿安,晚号霜厓,专治词曲,曾先后在东吴大学、中央大学、金陵大学任教,1939年病逝。

〔正宫·鹦鹉曲〕
得函皇父鼎全部拓片

得函皇父全部拓片,约沫若、叔平、孟真等为跋,复记之以词,用白无咎韵

岐山鸣凤飞不住,
记出土宝器函皇父。
问将军,爱护何为,
可是备长安阴雨?
(幺)有权威,郭马笺词,
独惜静安仙去,
只殷殷北地钩稽,
再释阎妻方处。

〔中吕·醉春风〕
近闻止酒

钱新之①先生去年嘱题颂酒图,近闻止酒,始谱成此曲。

不欠张颠债,不沾陶令彩。
闻香下马悔当年,改,改,改?
一代名流,图中醉汉,
室中方外。

---

① 钱新之:原籍浙江吴兴,生于上海,名永铭,早年留学日本,1917年与蔡元培等发起组织中华职业教育社,继任交通银行经理、董事长,1958年在台北病逝。

〔仙吕·寄生草〕

题冀野《北游草》（三首）

一

这可是关和郑，

这可是马与王？

曾记得，雠书老辈推宗匠，

曾记得，填词后进希高望。

曾记得，贪杯尊嫂频相让。

念中兴鼓吹舍其谁，

祝诗坛草创终须仗。

二

年差我，学愧君，与君别有相知分。

都门握手钦雄镇，汉皋结社开新运。

为的是，民间乐府几朝湮，

盼的是，中华豪杰乘时奋。

三

持节求民瘼，寻诗访战场。

眼见那，黄河滚滚翻新浪，

眼见那，中条巍巍呈奇状，

眼见那，新唐惨惨无名的英雄葬。

惜则惜，少陵挡驾武侯忙，

惜则惜，江山寂寞何人唱？

万年歌①

抗战,抗战?胜利在目前?

元戎神武,万族腾欢。

昆仑高,东海浅,山川效命,血汗同捐。

祖国,自由,在大家双肩。

英雄的壮士们?自由之花美且鲜?

三民主义的新中国要实现?

抗战,抗战?胜利在目前?

听四万万五千万人欢呼:

中华英雄万岁?

中华英雄万岁?

祝少和先生六十寿辰②

平江初报捷,双十更增光。

小住成都市,将称白下觞。

论交人并老,开国事难忘。

文字征奇寿,填词近益狂。

---

① 此歌作于 1941 年元旦。
② 作者自注:元年革命时,君在宁沪多所尽力。

吊韦超[1]

滑翔专家韦超堕机前一日，题照拟赠予。死后其友人李大经、周善寄照来，并述其事，感而赋此。

韦超死前夕，题照告俦侣：吾以赠髯翁，作书或吾许。
近得赡英姿，更悉平生语。鞠躬诸葛亮，报国岳鹏举。
所为全人类，岂曰不得所？愿化千万身，中华好儿女。

题罗慈威[2]将军《呼江吸海楼诗》（二首）

一

行二万里程，打百十回仗。
诗作凯歌声，十万健儿唱。

二

中南半岛，髯之领土。
移赠将军，经文纬武。

---

[1] 韦超：广西人，曾就读于上海复旦大学和广西航空运动学校，曾赴英国、德国学习航空工程、滑翔飞行，后受聘于奥地利滑翔学校，任教官。抗日战争前回国，1940年在重庆市郊驾驶滑翔机飞行中失事身亡。

[2] 罗慈威：即罗卓英，字尤青，别号慈威，广东大埔人，毕业于保定军官学校。抗日战争爆发后，任第九战区副司令长官，1942年任远征军司令长官。

王新民师长嘱题冯焕章①先生《训词手册》

至仁伐不仁，领导在吾党。
伟矣老将军，字字见修养。
民族与国家，至上复至上。
流血成仁矣，流汗终须仗。
贤者其勉之，庶无惭俯仰。
革命告成功，世世作珍赏。

题岳池②陈氏《朴园藏书》（二首）

一

刊书四代睦亲坊，得书万卷士乡堂。
堂前玉佩镌遗命，为祝芸编世世香。

二

犹记老人话岳池，书香朴老梦来时。
乾坤震荡卿云护，待补藏书记事诗。

---

① 冯焕章：即冯玉祥，字焕章，安徽巢县人，早年从军，曾任旅长、师长等职。积极主张抗日，抗战胜利后，积极与共产党合作，1946年出国考察，1948年途经黑海，因轮船失火遇难。
② 岳池，地名，即四川岳池县。

题《郇斋读书图》①

陈得宋熙宁吕夏卿本《荀子》,因名其藏书处曰"郇斋"。

紫薇花下读书堂,照世风神似简庄。
我见郇斋成大邑,猩猩嗜酒老犹香。

题《蜀石经》②拓片

《蜀石经》存竟见之,罗君拓赠复题词。
难忘五四渝州劫,③贤妇逃生抱器时。④

诗人节

文艺界倡议以端午节为诗人节,纪念屈子也。⑤

民族诗人节,诗人更不忘。
乃知崇纪念,用以懔危亡。
宗国千年痛,幽兰万古香。
于今期作者,无畏吐光芒。

---

① 作者自注:吴寿旸过陈简庄紫薇讲舍诗云:"新坡旧业本黄岗,卷轴丹铅说士乡,重继白公吟眺地,紫薇花下读书堂"。"猩猩嗜酒",卢抱经语。
② 《蜀石经》:后蜀广政七年,刻九经于成都学宫,原石已毁佚,罗曾得《毛诗》残石。
③ 渝州劫:指1940年5月4日日机狂炸重庆,堵塞防空洞口,造成巨大伤亡。
④ 贤妇:指罗夫人,她于日机狂炸时抱石出火中。
⑤ 屈子:指屈原,名平,战国时楚国人,是我国历史上第一位伟大的诗人。楚怀玉时,曾任左徒、三闾大夫等职,为佞臣诬陷,惨遭放逐,流落于江南沅、湘流域一带,多年后,抱石沉于汨罗江而死。1941年重庆文艺界倡议以端午节为诗人节,以纪念爱国诗人屈原。

汶川纪行诗（七首）

一

往哲辛勤迹未消，流传佳话水迢迢。
曾经玉垒关前望，父子河渠夫妇桥。①

二

岷山山半白云横，云上青山树几层。
多少山民歌且舞，犁云锄雨望中兴。②

三

石纽山前沙尚飞，刳儿坪上黍初肥。③
茫茫禹迹从何得，蹀躞荒山汗湿衣。

四

坪上羌民余两户，坪前高处有颓墙。④
坪中父老说神禹，手斩蛟龙下大荒。

五

苦溯岷江此一行，茅檐雨湿睡频惊。
蒸民粒食知何易？彻夜愁闻捍患声。⑤

---

① 作者自注：在灌县一日，游伏龙关、二郎庙，并观索桥。
② 作者自注：羌民与土司多悬崖结屋，开山耕种。
③ 作者自注：坪上启圣祠不知何年移山下。
④ 作者自注：坪前高处惜余未到，一羌民言："上有颓墙。"
⑤ 作者自注：农民守包谷，防野豕来侵，彻夜呼喊。

六

世代忠贞且勉之,天生才杰本无私。
英英自能承家业,涂禹山前九岁儿。①

七

禹王明德古今悬,②那计汶川与北川。
四海横流复昏垫,再平水土是何年?

与少和、通一、谷声游工部草堂

丹桂飘香迷古道,梗楠接叶入云霄。
老来诗圣门前过,几度沉吟万里桥。

为目寒题张善子《巫峡扬帆图》③

少陵诗意不须写,自驾西南万里风。
偶尔挥毫变今古,巫山巫峡气沉雄。

---

① 作者自注:涂禹山土司索靖国来谒,年九岁,甚英敏。余题其父讱闻为"世代忠贞"四字。
② 余题汶川县禹王宫"明德远矣"四字。
③ 目寒,即张目寒,作者好友,曾任南京国民政府"监察院"参事。张善子:四川内江人,名泽,号虎痴,同盟会会员,曾任上海美术专科学校教授。抗战爆发后,以画画宣传抗日,1940年在重庆病逝。

心之生日与心如①同往清水溪看梅

清水溪前任所之,万梅花里去寻诗。
年年梅放为君祝,花好月圆人寿时。

生日心如、心之约往南岸与范崇实、心远、倩芬、鹤守游铜锣峡看养蚕

乘兴来游已再三,南山之北北山南。
今来新识沿江路,柞叶肥时看养蚕。

生日在南山心如寓中见心孚②遗墨,因约行严同题(余识党中诸先辈多为心孚介绍)

布叶垂阴万卉荣,崇基峙立喜新晴。
山川修阻成高会,师友渊源忆乃兄。
学本通儒悲此志,书臻逸品隐其名。
白头自作南山寿,清水溪前溪水清。

---

① 心如,即康心如,与心之为兄弟。同盟会会员,曾创办《公论日报》,中华人民共和国成立后任全国工商联执委,并参加了民主建国会。1969 年 11 月 16 日于北京病故。
② 心孚,即康心孚,乃康心如之胞兄。

国民军五原誓师[①]十五年纪念日,与冯焕章先生在重庆陶园同摄影,纪之以诗

今日何日"九一七",五原誓师纪念日。

抗风堂前同摄影,[②]为将旧事述一一。

国父逝世天容变,我军退守长城线。

革命潮流日复高,南北争赴神圣战。

余曾奉命西北行,老将军亦持节苏俄转。

漠南漠北千里间,风沙之中竟会见。

记得塞上西瓜美,捶破分食当作饭。

记得征车坏沙场,汗湿戎衣共推挽。

授旗台上云飞扬,[③]誓词争共日月光。

十万将士如龙虎,哭诵遗嘱归中央。[④]

首解八月西安围,郑州会师亦堂皇。[⑤]

于今转眼十五载,征伐逆虏越前代。

时时谈笑出新诗,余亦挥毫作狂态。

为劝从今须准备,准备破敌日期至。

更濡大笔为长篇,贯彻五原誓师志。

---

① 五原誓师:1926年8月,当北伐的国民革命军击败吴佩孚主力迅速向武汉推进之时,北方革命军首领冯玉祥表示愿意接受中国共产党建立统一战线的主张,愿意参加国民革命。同年9月,作者从莫斯科归,17日举行五原誓师。

② 抗风堂:在重庆陶园,为抗战期间国民党"监察院"所在地。

③ 授旗台:五原誓师时,临时授旗台于广场。

④ 遗嘱:孙中山遗嘱。

⑤ 郑州会师:1927年冯部东出潼关打击奉军,同年6月1日在河南郑州与北伐军会师。

题旭初为百年画词意尹默书词合册①

占尽风流五百年，词人灵感更堪传。
笔神墨彩吾能说，字似清真画玉田。

敦煌②纪事诗（八首）

一

仆仆髯翁说此行，西陲重镇一名城。
更为文物千年计，草圣家山石窟经。

二

立马沙山一泫然，执戈能复似当年？③
月牙泉上今宵月，独为愁人分外圆。④

三

敦煌文物散全球，画塑精奇美并收。
同拂残龛同赞赏，莫高窟下作中秋。⑤

---

① 旭初：即汪东，字旭初，江苏苏州人，曾任中央大学文学院长。工词，晚年定居上海，1966年病逝。
② 敦煌：在甘肃玉门，有中国艺术瑰宝敦煌石窟，为游览胜地。
③ 作者自注：沙山：即鸣沙山在敦煌市城南，望之灰白色，实则积五色细沙而成。高约十五六丈，层叠绵延数十里，人自其中峰上滑下至山腰则鸣。昔人以八音协奏比之，以余所闻，正如结队飞机临空之声。
④ 作者自注：月牙泉在鸣沙山围中，作新月形，传为汉时产天马之渥洼地。宽广约十余亩，泉水澄碧，游鱼往返，而五六鸥鸟飞翔其上，真自然奇设也。
⑤ 作者自注：莫高窟所在地为唐时莫高乡，因以得名。是日在窟前张大千寓中作中秋，同到者高一涵、马云章、卫聚贤、曹汉章、孙宗慰、张庚由、张石轩、张公亮、任子宜、李祥麟、王会文、南景星、张星智等。

四

月仪墨迹瞻残字，西夏遗文见草书。①
踏破沙场君莫笑，白头才到一趑趄。

五

画壁三百八十洞，时代北朝唐宋元。
醇醇民族文艺海，我欲携汝还中原。

六

斯氏伯氏去多时，东窟西窟亦可悲。②
敦煌学已名天下，中国学人知不知？

七

丹青多存右相法，脉络争看战士拳。
更有某朝某公主，殉国枯坐不知年。③

八

瓜美梨香十月天，④胜游能复续今年。
岩堂壁殿无成毁，手拨寒灰检断篇。

---

① 作者自注：见月仪墨迹四五字及西夏草书数纸。
② 作者自注：斯氏，斯坦因；伯氏，伯希和。东窟，榆林窟；西窟，西千佛洞。
③ 作者自注：佛相甚似阎立本画法。张大千得唐人张君义断手一只，裹以墨迹告身，述其战功，均皆完好。某亡国公主，据张鸿汀先生云系亡元公主坐化洞中，其遗骸事略均为白俄毁去。
④ 作者自注：敦煌瓜果皆极甘美。

骑登鸣沙山

立马沙山上，高吟天马歌。
英雄不复出，天马更如何？

万佛峡纪行诗（四首）

峡在安西境三危山下，距县城一百四十华里

一

激水狂风互作声，高岩入夜倍分明。
三危山下榆林窟，写我高车访画行。①

二

隋人墨迹唐人画，宋抹元涂复几层。
不解高僧何事去？独留道士守残灯。②

三

层层佛画多完好，种种遗闻不忍听。
五步内亡两道士，十年前毁一楼经。③

---

① 作者自注：高车：指当地牛车，轮大身高，乘之极安稳。按：还有一说，高车为种族名，是匈奴人近属，初据漠北，后魏徙居漠南，即今敦煌一带。
② 作者自注：万佛峡之榆林窟中千佛寺，现为道士观矣。
③ 钟道士商州人，年八十余，1930年为匪所害，并将藏经毁去。

四

红柳萧疏映夕阳，梧桐秋老叶儿黄。①
水增丽色如图画，山比髯翁似老苍。

甘州西黑水河岸古坟，占地十余里，土人称为黑水国。掘者发现中原灶具甚多，遗骸胫骨皆长。余捡得大吉砖，并发现草隶数字

沙草迷离黑水边，何王建国史无传。
中原灶具长人骨，大吉铭文草隶砖。

嘉峪关②前长城尽处远望

天下雄关雪渐深，烽台曾见雁来频。
边墙尽处掀髯望，山似英雄水美人。

---

① 梧桐似杨树，土人呼为胡桐，近人称为杨桐。
② 嘉峪关：位于甘肃省酒泉市西 35 千米处嘉峪山西麓，是万里长城的西端，居高凭险，横扼东西大道。关上题额是"天下第一雄关"。

古浪至兰州道中果园甚多,红紫相间,蔚为大观

金城西去玉门还,①庄浪河东欲晓天。②
万紫千红冰雪里,争将血汗染山川。

古浪道中赠一涵③

古浪街头往复还,古浪河水声潺潺。
乡村红叶杂黄叶,客路南山礼北山。
白发还期开世运,苍松应共挺人间。
梨香瓜美山河壮,悔不同君出玉关。

河西道中

山川不老英雄逝,环绕祁连几战场。
莫道葡萄最甘美,冰天雪地软儿香。④

---

① 金城:在今兰州市西南。
② 庄浪河:在今甘肃庄浪县西,古称溢水,流经皋兰县入黄河。
③ 古浪:县名,在甘肃省河西走廊东部。一涵,即高一涵,安徽六安人,早年参加神州学会,1918年任北京大学教授,中华人民共和国成立后,担任民盟中央委员,全国政协委员。
④ 作者自注:软儿,梨名,冬日食之最甘。

兰州城外邓宝珊园中吊其夫人崔锦琴女士及其子女,为题名曰慈爱园①

百感茫茫不可宣,金城到后更凄然。
亲题慈爱园中额,莫唱凫雏傍母眠。

西宁逢重九闻三弟作新之丧②

巴颜喀拉山容白,秃发乌孤墓草黄。
无限茱萸无尽感,独来青海作重阳。

斗口农场③

万木参天起箭杨,玉屏飞翠护农场。
余生誓墓知无日,白首依依去故乡。

---

① 作者自注:宝珊长女倩子最后窗课录写杜诗:"糁径杨花铺白毡,点溪荷叶叠青钱,笋根稚子无人见,沙上凫雏傍母眠。"翌日与母及两弟避敌机同罹难,皆葬园中。邓宝珊,甘肃秦州(今天水)人,字宝珊,曾任甘肃省代理主席,1948年底,作为傅作义代表,对促成北平和平解放做出了贡献,中华人民共和国成立后任国防委员会委员和中国国民党革命委员会中央副主席,1968年在北京病逝。
② 作新:即于伯勤,作者大伯父之子。
③ 斗口农场:系作者于1920年在三原创办的一所农事试验场。

沔县①谒武侯墓,墓前双桂枝干挺拔,浓阴及亩,因同卫聚贤、曾子才、王慕曾、张庚由等摄影其下

老桂空山伴武乡,千年坟土并生香。
夔州松树成都柏,同为乾坤作栋梁。

〔减字木兰花〕
寿内子仲林六十

一
蟠桃正熟,笑看儿孙持祝福。
怕我题诗,叙起当年伴读时。

二
宽鞋窄袜,针线劳劳今白发。
同是难忘,国泰民安到故乡。

---

① 沔县:今名勉县,属陕西省。

〔诉衷情〕
三十年九月十八日同庚由自渝飞兰州机中

云间眼底现平川，最好是今天。

摩天岭上飞过，诗未就，以词传。

词不尽，写空间，漏人间。

河山壮丽，无计形容，捋断苍髯。

〔极相思〕
题恕庵《礼佛图》①

越来溪水溅溅，展卷一回思。

阴阴芳树，清清小院，明月来时。

白首巡方经万里，为生灵，早发慈悲。

雪城吟雪，宝床呈宝，诗圣题诗。

〔菩萨蛮〕
题张秉三兄《适园忆旧图》

鹧鸪溪畔层楼角，梅花香远书声作。

名画拓名园，藏经比海源。

寒梅余晚翠，珍本分离易。

君莫念家乡，乾坤一战场。

---

① 作者原注：恕庵者，吴礼卿兄在苏州寓中礼佛处也。二十八年大千为作图，礼卿兄嗣赴藏主持达赖喇嘛十四代坐床典礼，携过印度，有泰戈尔题字。编者按：吴礼卿：即吴忠信，安徽合肥人，别号守坚，曾任蒙藏委员会委员长、新疆省政府主席，1959 年 12 月在台北病故。

〔越调·天净沙〕

酒泉①道中

酒泉酒美泉香，雪山雪白山苍。

多少名王名将，几番回想，白头醉卧沙场。

〔越调·天净沙〕

谒成陵②

兴隆山畔高歌，③曾瞻无敌金戈。

遗诏焚香读过，大王问我："几时收复山河？"

---

① 酒泉：地名，在甘肃酒泉市东北。
② 成陵：即成吉思汗墓。此诗曾受到毛泽东主席的称赞。重庆谈判期间，作者设宴毛泽东等谈判代表，谈话中对毛泽东《沁园春·雪》倍加赞赏，对其诗句"数风流人物，还看今朝"尤为推崇。毛答曰："何如先生大王问我，几时收复山河"神来之笔。
③ 兴隆山：原名兴龙山，在甘肃榆城县城西南。

窦屾山①纪游诗（二首）

同游者林少和、杨孝慈、严谷声、林君墨、罗文谟、张采芹、冯翰飞诸先生与林纪芳、李祥麟、杨大智诸君。

一

飞桥系得两峰平，桥上僧人自在行。
山月高高山鸟下，我来倚杖待云生。

二

李翰林来招酒星，窦山人去剩樵青。
名山自作新图案，排列髯翁入画屏。②

---

① 窦屾山：在四川江油市东北，两峰耸立，其间有铁索桥，传为唐道士窦子明修道处。
② 作者自注：太白诗："樵夫与耕者，出入画屏中。"

寿鹿瑞伯①将军六十（四首）

一

神武门前月，居庸关外霜。
一身兼智勇，犹记处非常。

二

诞寅花周甲，弧悬老复丁。②
五原同誓众，一战解围城。

三

白首将军健，中山门第高。
诗书消永日，种菜亦人豪。

四

天开太平海，③为君祝太平。
黄龙何足道，鼓吹入东京。

---

① 鹿瑞伯，即鹿钟麟，直隶（今河北）保定人，字瑞伯。属冯玉祥部下，发动北京事变，任京畿警卫总司令，驱逐溥仪出宫。中华人民共和国成立后，曾任国防委员会委员。1966年病逝于天津。
② 作者自注：前二句为林少和先生作。
③ 太平海：1943年3月，作者曾撰文论述将"日本海"改名为"太平海"。

青城[①]纪事诗（四首）

一

楠叶舒红春复夏，神灯照夜雨兼晴。
名山名卉闻名久，不见花开醉太平。[②]

二

翠浪东倾接混茫，眼前忧患讵能忘？
空山叫断梛梛鸟，[③]一夜惊心似战场。

三

百岁西来竟未还，高踪剩有药王山。
山前报赛痴儿女，忘却真人住此间。[④]

四

大面山前云万重，西来无计觅仙踪。
今朝黄帝祠前拜，始识飞行有宁封。

---

① 青城，山名，在成都都江堰市，我国道教圣地，素有"青城天下幽"之称。
② 作者自注："醉太平"为山上名花，余三至未见。
③ 梛梛鸟亦名报更鸟。
④ 真人故乡耀县（今陕西省铜川市耀州区）亦有药王山。

赠渭南严氏贲园刻字工人陆级三①（二首）

一

自昔藏书又刻书，蒲津母氏建安余。
渭南公子承家学，百籍流传世所誉。

二

早岁皋兰路几经，左侯版片已凋零。
于今头白成都市，亦是严家聚德星。

见延涛②《山洞小园诗》十首喜而作答

也荷苍苍授一廛，与君同佃此山川。
论诗杜老招嘉客，作画韦侯正少年。
家世原因经术贵，圣贤多有草书传。
独怜园小无余韵，夜夜惊心响杜鹃。

---

① 作者自注：陆年七十，曾预左文襄刻书之役。"严家聚德星"，杜句也。
② 延涛：即刘延涛，河南巩县（今巩义市）人，长期追随作者。曾任监察委员，精研书法，为"标准草书社"的主要成员。著有《草书通论》、《中国草书史》等。

韬园修禊,分韵得青字,寄贾煜如[①]先生

年年修禊春如醉,此日严寒昔未经。
莫报南山朝积雪,满山松柏独青青。

题《赵古泥印存》(二首)

一

石作剥残神亦到,字求平正法仍严。
缶翁门下提刀者,四顾何人似赵髯。

二

尚父湖波荡夕阳,扁舟载酒意难忘?
回思十七年来事,惆怅江南又陨霜。

寿丁鼎丞先生七十

大老兴齐鲁,谈经世所钦。
偶论天下事,如见圣人心。
开国金铭铉,齐眉映雪簪。
青山歌且乐,冲默作龙吟。

[①] 贾煜如:即贾景德,山西沁水人,字煜如,号韬园,光绪举人,后中进士,殿选知县。1949年去台湾后,曾任"考试院"院长、"总统府"资政等职,1960年去世。

夜读《豳风诗》①

陨箨惊心未有期,烹葵剥枣复何为?
艰难父子勤家室,栗冽农夫祝岁时。
南亩于茅犹惴惴,东山零雨自迟迟。
无衣无褐思终日,苦读周人救乱诗。

题大渡河翼王亭石室②

大渡河流急且长,梯山万众亦仓皇。
遗民慷慨歌谣里,犹说军前失翼王。③

〔齐天乐〕
勉青年军人

中华民族齐心进,人人载歌载舞。急难鸰原,报恩祖国,此责兴亡在汝。精诚所聚,便投笔从戎,经文纬武。天下一家,何人今后敢予侮?

时时纪念国父,只生逢丧乱,难护陵树。载道流亡,吁天耆老,望断金天金鼓。有怀欲吐,仗龙虎风云,百千儿女。万岁歌中,一声声破虏。

---

① 豳风是诗经十五国风之一,文献和文学价值较高。

② 大渡河:古称沫水,为岷江最大支流,在四川省西部,大渡河边建有太平天国名将翼王石达开的石碑。

③ 失翼王:失,丧失、失掉。石达开于1863年由江西、湖南转战云南、贵州,至大渡河为清军所败,被俘牺牲。石达开,广西桂平县白沙人。

〔暗香〕
野人山下一战士

野人山下，有荷戈战士，歌声相亚。白骨夕阳，废垒幽花自开谢。于役而今至此，依依是，孤怀难写。但盼得，血洗关河，百战作强者。

歌罢？倚征马。见照耀丛林，星月如画。几番泪洒，想念流亡岁寒也。展望光明大路，愁万垒，皇天应讶？等怎时，才赐与，白云四野。

〔浣溪沙〕
小　园[①]

歌乐山头云半遮，老鹰崖上日将斜；清琴远远起谁家？
依旧小园迷燕子，翻怜春雨桐花；王孙绿草又天涯。

〔浣溪沙〕
往　事

自制新词苦未工，山川清响古无同，沉思往事更朦胧。
江作青龙蟠左右，关连玉垒拱西东，归舟知趁几番风。

---

① 小园：即重庆山洞小园。此词系作者当年因发起弹劾中央银行大贪污案遭拒绝后，愤而提出辞去"监察院"院长一职，离开重庆出走成都时作。

〔满江红〕

十二月九日夜四时不寐，用白石之调，写武穆之心，遂成此词①

无数英雄，应运起，争赴战场。惊心是，执戈无我，祖国为殇？喜马高峰飞过去，怒江前线打回乡。看马前，开遍自由花，天散香。

新时代，新国防；新中国，寿无疆；把百年深痛，付太平洋。世界和平原有责，中华建设更应当。待短时，告庙紫金山，祈宪章。

〔百字令〕

题《标准草书》②

草书文学，是中华、民族自强工具。甲骨而还增篆隶，各有悬针垂露。汉简流沙，唐经石窟，演进尤无数。章今狂在，沉埋久矣谁顾？

试问世界人民，寸阴能惜，急急缘何故？同此时间同此手，效率谁臻高度？符号神奇，髯翁发见，秘诀思传付。敬招同志，来为学术开路。

〔破阵子〕

祝《中华乐府》③

三峡星河影动，五更鼓角声悲。骚雅而还天道转，关马之兴地运移。作家当战时。

雨浥文人笔砚，云生大将旌旗。漫说缁衣为讽刺，岂有甘棠不疗饥。太平先有诗。

---

① 白石：即姜夔，字尧章，鄱阳（今江西波阳）人，号白石道人，不仅工词，也能为诗，炼句精工，清妙自然。武穆：即岳飞，字鹏举，汤阴（今属河南）人，南宋抗金名将，后被秦桧以"莫须有"的罪名杀害。
② 标准草书：作者自1931年起，提倡标准草书，欲改良文字，以求便捷，阐明宗旨。此词乃最先发表之作，后居台湾以后，个别字、句有互异处。
③ 中华乐府：1944年作者在重庆发起创办《中华乐府》刊物，即以此词代发刊词。

三峡至沔彰物无足敌自专悲謌
强弱得失等闲耳之兴地墨稿作
掌画战时 包文人革砚气生大
悯挫後沉弹志为佩书坐为句
荣不虞飢太平先写污

破律予祝中英乐府立重庆时作久已失
之俭溥老友促日记中捡得写我昂书以报

于右任

四十五年四月十日

〔鹧鸪天〕

题楚伧夫人吴孟芙女士《忆亲图》

翠滴松阴宝篆残，望中何处是江南？
阶前春草增惆怅，窗外孤云自往还。
慈母线，报应难，书声灯影又年年。
蜀山千叠吴山远，绿染春丝岁不寒。

〔乌夜啼〕

南岸观梅住康心如别墅，
　　夜谈新闻事业

愿作依风记者，更为载雪词仙。放牛坪上游踪在，犹自忆前缘。
吹笛随歌古调，看梅那计明年。明年春到人东下，置酒孝陵前。

〔黄钟·人月圆〕

梦中有作

山河表里风云会,曾记我来思:买牛学稼,呼鹰结客,驻马寻碑。(么)酸甜戏耳!苏辛为友,李杜为师。八年血战,不为名将,泪洒关西。

〔黄钟·人月圆〕

梦王陆一

书签渍满辛酸泪!亡命记当年:芦沟桥外,瞿塘峡口,五丈原前。(么)潮平潮涨,人歌人哭,此恨绵绵。钟山云树,贝湖冰雪,剩有名篇。

书道乐无边

为若衡老弟自写其乐我亦和之

人生贵行乐,书道乐无边。每日三千字,长生一万年。
挥毫随兴会,落纸起云烟。悟得其中妙,功夫要自然。

三十四年生日(二首)

一

耕牧河山愿未酬,渡江亡命作春秋。
今年偶遇劳工节,做炮孤儿已白头[①]。

二

诞降之辰罹百忧,中山世系削琉球。
同盟争起全人类,不独歌呼为亚洲。

---

① 作者自注:幼时为纸炮房小工。

耕牧河山願未酬，漢江上游北去秋七年偶遇防工節俄，孤兄已白頭。余幼時為牧羊兒工誕降之辰值西愛中山世系尚珠球同懸多起吾人對不好爺為巨洲三十四年生日作二首

慶瑞同志正之

四十六年元月　于右任

〔清平乐〕

心远家中有余与内子仲林十年前在北平丁香树下摄影，适外孙北大与汶梅君女士结婚，写之以祝①

连天芳草，隐约燕京道。
几树丁香开正好，花下谁家翁媪？
孙儿成长如何？女儿新作婆婆。
我俩何时归里？同听社鼓秧歌。②

〔中吕·醉高歌〕

旭初、尹默为心远、絮因写双燕堂曲册，因题

明年更胜今年，万里神州运转。
凤城一角神仙眷，双燕堂前意远。

〔越调·天净沙〕

题雯卿女士前线归来手册

战场落日飞沙，寒梅争放寒花。
若个横戈跃马，自由吟罢。
新诗走遍中华。

---

① 作于1945年，兹年，日本投降，中国人民抗日战争取得胜利。
② 作者自注："靖国军时有秧歌"。

〔中吕·醉高歌〕
追忆陕西靖国军及围城之役诸事,凄然有作(十首)

一

关前春雨人歌,塞上惊沙浪锁。

劝君莫唱家山破,太华莲开万朵。

二

禹王庙前风高,①黄祖陵前树老。

长途驻马乡人笑,留得诗情画稿。

三

当年仗义登坛,苍隼护巢竟返。

云屯牧野繁星烂,西北天容照眼。②

四

死伤谁覆戎衣?饥馑翻怜战垒。

文人血与劳民泪,天下歌呼未已。③

五

几章民治残诗,几页人豪战史。④

名儒名将兼名士,时代光明创始。

---

① 作者自注:七年由禹门渡河,至延安转三原。
② 作者自注:成立总司令部,编义师为五路。
③ 吊于鹤九、李春堂、宋相臣、樊灵山,惠有光诸先生。
④ 吊朱佛光、李子逸、胡笠僧、彭仲翔、柏厚甫、周定侯诸先生,予有民治园杂诗二十首。

六

魂招东里心惊,路入南仁月冷。①
山河百战人民病,五丈原头自省。

七

贝加湖畔云开,乌拉山前冻解。
誓师大漠风云待,金鼓东征未改。②

八

名城高挂残晖,燕子犹寻故垒。
兵民负土坟前泪,③争祭当年饿鬼。

九

丰碑为慕文豪,凶岁难安父老④。
秋风忽起咸阳道,多少高坟蔓草。

十

自由之战经年,革命成功尚远。
太平乐府人间遍,呼唤中华运转。

---

① 南仁村为井勿幕先生殉难处。
② 由苏联至五原入陕。
③ 西安围解后军民二坟皆负土所成,故名曰:"负土坟"。
④ 作者自注:友人欲为王陆一立碑,予以年荒阻之。

〔中吕·醉高歌〕

闻日本乞降，作付中华乐府（十首）

一

万家爆竹通宵，人类祥光乍晓。
百壶且试开怀抱，①镜里髯翁渐老。

二

金刚山上云埋，鸭绿江心浪摆。
芦沟月暗长城坏，胡马嘶风数载。

三

黄河水绕边墙，白帝云封绣壤。
万灵效命全民向，大任开来继往。

四

区区海峡波惊，莽莽红场月冷。
兴亡转瞬归天命，不作降王系颈。

---

① "百壶且试开怀抱"：杜诗。

五

谁弹捷克哀歌，谁纵波兰战火？

诸姬尽矣巴黎破，两面鏖兵曰可。①

六

欧洲守望何人，群众哀号隐隐。

海洋巨霸从今尽，来日之歌笑引。

七

当年兵火流离，口渴谁来送水？

渔人晒网樵夫睡，都是离宫废垒。

八

高原木落天宽，故国风和日暖。

等慈寺下歌声断，②常使英雄泪满。

---

① "曰可"，见《史记·始皇本纪》："制曰可"。
② 等慈寺：唐太宗为阵亡将士荐福有云："情均彼我，恩洽同异。"

九

至诚不外无私,真理方知有始。
受降城下逢天使,大道之行在此。

十

自由成长如何?大战方收战果。
中华民族争相贺,王道干城是我。①

题于上清寺双燕堂

大战而还感式微,还京我亦泪沾衣。
悬知事事皆如意,双燕堂前燕子飞。

---

① 作者自注:王道干城:总理语。见演讲《大亚洲主义》。

〔减字木兰花〕
题沈联璧家传《御墨图》

七七事变后,沈生联璧来京,以其远祖自乐公庋宣德御墨图嘱题。嗣因寇祸日急,余将去京,沈生不知所在,乃寄存其册于重庆汇丰银行库中。还京时,沈生亦以工作病逝海上,因觅其家人所在而归之,乃为此词。

云间二沈,兄弟书名天下审。珍重贻谟,四百年来御墨图。
流离蜀道,兵火之中时在抱。八载还京,物在人亡哭几声?

〔浣溪沙〕
哈密西行机中作[1]

我与天山共白头,白头相映亦风流。羡他雪水溉田畴。
风雨忧愁成往事,山川憔悴几经秋。暮云收尽见芳洲。

〔人月圆〕
迪化至阿克苏[2]机中作

人生难得新机会。天上看天山。人间天上,人间天上,天上人间。
卢生作曲,韩生作画,我捋银髯。[3]昆仑在左,白龙堆上,孔雀河边。[4]

---

① 作者于1946年8月,应张治中的邀请,自南京乘飞机至迪化作新疆之行,一月后返京,发表了许多脍炙人口的诗篇。
② 阿克苏,县名。在新疆维吾尔自治区塔里木盆地西北部。
③ 卢生指冀野。韩生指乐然。
④ 白龙堆:在天山南麓,亦名龙堆。孔雀河:在新疆维吾尔自治区塔里木盆地东北部。

望博克达山①不能上也

幼作牧羊儿,老至天山下。
天山不可登,还须习鞍马。

〔江城子〕
阿克苏至喀什②机中作

先生得意出阳关③。在空间,且流连。乌鲁木齐,河上月儿弯。又乘长风前进也,真不管,鬓毛斑。

多情好事亦因缘。说高寒,有婵娟;争向机中,一孔看天山。闻道飞行戈壁上,沙漠漠,路漫漫。

〔浣溪沙〕
塔里木戈壁机中忆阿克苏、温宿之游

何代何王剩地牢?龟兹霸业已萧条。④西风吹雨过平桥。
高柳阴中驰骏马,把衣园里选蒲桃。⑤别开舞派女儿腰。

---

① 博克达山,属北天山东段,在新疆维吾尔自治区中部。
② 喀什:亦称喀什噶尔,在新疆西南部。
③ 阳关:西汉时置,故址在今甘肃敦煌西南古董滩附近,和玉门关同为对西域交通之门户。
④ 龟(qiū)兹(cí):汉代西域国名,在今新疆库车县一带。
⑤ 把衣:维语意为财主。蒲桃:即葡萄。

与文白[1]、敬斋、冀野、新令、觉民、文彦、麦思武德、包尔汉、阿合买提江诸公庙儿沟野餐（二首）

一

引得春风出塞难，还期万里报平安。
流传故事天山下，马奶如醇进野餐。

二

树如宝塔无边翠，雪作河源不断流。
四海一家歌且舞，夕阳红映庙儿沟。

庙儿沟[2]出游

游牧天山上，天山是我家。
东西数千里，采遍雪莲花。

早晴新大楼上远望

一雨新晴万卉蕃，凉生襟袖寂无喧。
天山南北都开朗，独倚高楼望故园。

---

① 文白：即张治中，安徽巢县人，原名本尧，字文白。
② 庙儿沟：在乌鲁木齐附近。

天山杂诗（四首）

焉耆至迪化机中作①

一

雪似山之衣，云似山之冠。
修洁复修洁，容君面面看。

二

横渡天山去，横渡天山归。
瑶池在何处？白云来去飞。

三

牧草正肥美，牧儿歌且行。
笑指天山说，吾之夏令营。

四

雪山如舞，瑶池如语。
马踏空山，呼吟侣？

---

① 焉耆在天山南麓。迪化在天山北麓，即今乌鲁木齐市。

与文白、敬斋、觉民、文彦诸公再至庙儿沟

山后白云起,山前白云迎。
云合作微雨,寒气相与生。
高峰悬万树,佛祖缀珠璎。
树树如宝塔,卓立向天争。
牧草正肥美,牧儿歌且行。
笑指天山说:吾之夏令营。
髯也频来此,为吾平不平。

三十五年八月十二日,夜宿天池①上灵山道院,不寐有作

飞度天山往复还,今来真是识天颜。
云中瀑布冰期雪,月下瑶池雨后山。
行远方知骐骥贵,登高那计鬓毛斑。
夜深悯悯情难已,万木啼号有病杉。

天池旁有道士庙,余为题曰灵山寺。住寺中三日,作书甚多

雨过高峰雾忽开,月明照影一徘徊。
醉余挥洒天山上,似向瑶池洗砚来。

---

① 天池:在新疆阜康市境内,由高山雪水融化而成。神话传说这里是西王母住地,故名天池。

来往哈密始成一诗[1]

哈密城前日正中,行人来往亦匆匆。
云迷都护筹边垒,雨过名王避暑宫。
沙枣花香人已远,甜瓜味美誉无穷。
中原战后犹离乱,万里西来见难童。

疏附[2]县谒香娘娘墓

喀什河前沙枣香,巍峨祖庙衬香娘。
最怜家国无穷感,生死重经旧战场。

〔大石调·青杏子〕
迪化和平大会后作

大地现光明,睹天山、洁白层层。
何人创造新生命?
和平万岁,和平万岁,万岁和平?

---

[1] 作者自注:中原大战中,难童寄寓哈密、迪化、吐鲁番三处。哈密,在新疆东部,盛产瓜果,尤以哈密瓜著称。

[2] 疏附:地名,在今新疆西南地区。

〔采桑子〕

九月一日迪化东归机中，时天山初降雪

高空日丽凉初透。往事悠悠，西望云浮，等是人间不自由。
豪情依约歌还又。积雨才收，爽气凝眸，笑看天山更白头。

〔浪淘沙〕

哈密东归皋兰，因乌沙岭大雨，机转甘州

相对亦悠然，始识天山，天教回首看祁连。同是洛妃乘雾至，冰雪争妍。
乌岭雨沉绵，云起无端，龙吟霜匣剑飞还。转到甘州开口笑，错认江南。

〔浣溪沙〕

兰州东行机中作

不上昆仑独悯然，人生乐事古难全。匆匆今又过祁连。
自古英雄矜出塞，如今种族是同天，何人收泪听阳关。

〔南乡子〕
兰州东行机中作

上下白龙飞,秦陇川原是也非?万里平安天与我,依依,迎我西来送我归。
君莫问西陲,兄弟之间隙已微。塞上风云成过去,区区,写就天山纪念碑。

〔减字木兰花〕
西安至南京机中作

机窗风峭,眼底关河似觉小。人乐人忧,客我天空看亚洲。
归期不误,隐隐园陵陵上树。秦岭云开,自有佳音雁带来。

〔双调·水仙子〕
回京机中追忆数十年来故事,因修改前作

一拳打碎黄鹤楼,二水中分白鹭洲。[①]
八年苦战今难受,望陵园,人白首。
旧江山浑是新愁。念不尽,神明大咒,
说不清,乾坤自由,听不完,楚汉春秋。

[①] 一拳打碎黄鹤楼:激愤语,化用李白"我且为君捶碎黄鹤楼"之句,语见李白《江夏赠韦南陵冰》。白鹭洲:南京市西门外,将秦淮河水一分为二。

〔黄钟·人月圆〕
回京机中写所视

狂风吹得河山老,新现一重天。自由万里,无遮无碍,岁岁年年。词中白石,曲中白朴,诗中青莲。相亲相伴,复兴关上,博爱坊前。

〔中吕·醉高歌〕
题罗文谟《双清馆临陈老莲①画册》

重模长史如何?莲法于莲自可。
名流四海争相和,天际莲开万朵。

〔中吕·醉高歌〕
题《董寿平②山水画册》

寒梅雪里香浓,仙境人间自永。
犹余故国青山梦,画得神州一统。

---

① 陈老莲:名洪绶,因好画莲,自号老莲,浙江诸暨人,明清之际著名画家。
② 董寿平:当代画家,工画山水。

〔浪淘沙〕
三月十七日携想想、北大、梅君①孝陵前看梅花，至旧温室前小坐，感赋

斧赦孝陵柴，乱后梅开，天风远远送香来。绿萼而今存几树，有我亲栽。
艺圃变蒿莱，行者增哀。国香终不受尘埃。嘉卉成畦还播种，新立名牌。

〔点绛唇〕
看天山之行摄影

飞越祁连，雪峰万仞争雄长。有怀相向，似现光明相。
老出阳关，那作功名想？君休唱，白云河上，一片孤城壮。

---

① 想想：作者小女儿；北大：即屈北大，作者外孙；梅君：北大的妻子。

第二次大战回忆歌①

世界烽火燃不息,生民祸患靡有已。我生为世平不平,放胆重勘大战史。大战史兮大战史,后之惨者宁止此。十年前事猛回头,有怀欲歌夜中起。

何人能建新时代,天地无私并覆载。不然战争复循环,又说人性无亲爱。

太平洋接大西洋,东战场连西战场。战神一排自天下,乾坤震荡万物荒。身经大战一而再,举世愁苦安能忘。为全人类吾欲诉,鉴往开来诗一章。

中山主义中复中,以建民国进大同。明治遗策遗祸耳,南进北进终无功。九一八,吞炸弹;一二八,来挑战。身为鹰犬不自知,首动兵戎为世患。芦沟桥上月如霜,七七偷袭宛平县。全民拥护有元戎,最后关头与相见。不为瓦全宁玉碎,惟以不变应万变。春申江上,戏马台前、雁门关外,永定河边。于是南北苦战,东西播迁。死伤者盈野,流亡者万千,凄凉国土蒙尘日,惨淡人民哭庙天。血池骨邱首都陷,龙踞龙蟠一泫然。

鹦鹉洲前月色凉,珞珈山上雁回翔,西开运道越乌岭②。东阻敌船塞马当。忽然四海欢呼起,我军大捷台儿庄。胜不骄兮败不馁,虽退守耳庸何伤。

群山万壑拥夔门,万众一心招国魂。避寇西行真有幸,禹之兴也故泽存。五三五四敌肆虐,回念陪都恍如昨。疲劳轰炸劳者谁?千计百计都无著。山川效命百工忙,雷雨及时万族乐。③天时地利吾俱有,我诗所写知非错。东厄黄河西白帝,南连缅甸北沙漠。雄文击碎共荣圈,④气挟江河撼山岳。几年开辟滇缅路,野人山下花开落。运输线即生命线,一开一闭邻之薄。自来国危思共济,抗建春秋烦笔削。苦战连年增内患,有似巨鱼纵大壑,在朝难协力,在野难守

---

① 作者自注,10月15日夜3时不能成寐,倚枕作此,未及完篇而病,12月4日京沪夜车中更续成之,1947年12月5日太平老人记。篇中字句与初发表时略有增加,1948年1月29日太平老人又志。
② 乌岭,指乌稍岭。
③ 作者旧句。
④ 指当时文告。

约。人民之利益不能动其念，国家之存亡不能易其略。噫吁嘻，休呼邻人解其缚。噫吁嘻，我之朋友，己所不欲，劝我合作。

太平洋上挂红球，美人美人百无忧。东方血战西方笑，友非我友仇非仇。希墨之兴盗有道，霸业如蟹钳欧洲。捷克亡后波兰破，大祸复临荷兰诸国头。临海而望英吉利，法兰西败比亦休。伸手非洲当然耳，撒合拉沙漠之沙眯眼球。巴库巴统漫海盗，近东有油有其由。天下之患患日迫，山姆大叔熟视复何尤？霹雳忽惊珍珠港，患难方思风雨舟。恸哉轴心日滋蔓，彼制欧洲此亚洲。

自从退师入巴蜀，有人拟作秦庭哭。大风吹动太平洋，神女姗姗望其躅。水之积也不厚负无力，致力全人类之和平安全自由难满足。创设民主兵工厂，厂之使命端在平为福。嗟彼痴儿不解事，两面作战逐其鹿。马首竟指莫斯科，世人初谓讹传讹，大陆均在铁蹄下，蹂躏小国数已多。何故远寻强者轻一试，先锋久滞斯摩棱斯克之阿。几年冻结冰雪海，口渴难饮列宁河。一鼓再鼓气已竭，油区仅想不能过。北非暂已去，西西里岛不能守，第二战场又倒拖。三次冬季反攻到，敲冰扫雪难回戈，东线西线俱失利，屯兵本土鬓已皤。人间盛衰如露电，虞兮虞兮奈若何？巷战柏林绝望也，血里鸳鸯醉里歌。人民捕获将士散，了却一魔又一魔。

大道之行在万年，口说王道非高贤。四大自由何人唱，君欲见之别有天。旋成旋毁为豪杰，作福作威乃神仙。此中真意谁能解？请问西方大自然。

富庶煤、铁、油，强大海、陆、空，配以智、仁、勇，仍须天下公。人间自有真青史，世上原无假白宫。

吾闻珊瑚海接中途岛，向东反攻计先到。三年不飞定冲天，视太平洋作池沼。海燕穿梭舰与机，下绝鱼龙上飞鸟。一气直吞台湾与琉球，真乃天与英雄表。瓜岛一战气已摧，菲岛更觉天将晓。父岛母岛兄岛弟岛难呼援，孤儿只剩琉璜岛。琉璜岛仅一水隔，咫尺如何阻铁鸟。何况无情新武器，自天而下杀百草。渔人晒网毁一空①，全国焦土如何了。素车白马东门东，上将楼船入港早。

---

① 见《旧约》以西结书 26 章 3-5 节。

无恙降王轵道旁，受降者谁天知道，波茨坦之宣言不能够，万世一系之神宫不能告。诏书如蔴下九霄，举国臣民泣苍昊。

嗟嗟强者，好战而亡，美哉山河，变为沙场。举手染无辜之血，低头牵不饩之羊。

回忆莽莽神州，八年泪满，万众呼号，抵抗侵犯。惧祖国之为牺，期联军之奋勉。今则尔与我兮同烬，我比尔兮更惨。尔之败兮庶几自省，我之胜兮举国兵燹。尔之退出"窃自中国"之土地兮，我则啼饥号寒，颠沛流离，虽有千万亩良田，而无法生产。谓有物资救济兮，受其惠而难饱暖。天下之物各有主，非其所有莫能取。古之亡国亡者谁，至今游客伤离黍。仗义执言似有人，坛坫之中多密语。明略暗侵复何为，前有毒蛇后猛虎。

我为君歌，纪念开罗，开罗之惠实已多。

我为君讶，纪念克里米亚，克里米亚与会者之责任莫能谢。

我为君勉，纪念波茨坦，波茨坦之宣言天不管。

去日之歌绝希望，来日之歌待光明。世界宪章果何在？右传之一河之清。九日宣战十日降，赫濯声灵震万方，海德公园何足拟，赢得呜咽作国殇。路与将军较短长，何人血汗费商量[①]，莫城高会莫回首[②]，历史之痛为金疮。江流后浪催前浪，世变前人笑后人。战后多风又多雨，三年多病非无因。雨湿成功湖，云生爱琴海，血染长白山，公道均安在。东欧西欧之合作无期，南韩北韩之统一有待。惟中华前进之人民兮，谁启祖国之新元而拯世界之危殆。"凉风萧萧吹汝急，恐汝后时难独立，堂上书生空白头，临风三嗅馨香泣。"群众无声似有声，杜诗重读不胜情。太平老人磨铁砚，垂老还期致太平。

---

① 指史迪威公路。
② 指莫斯科三国会议。

曾慕韩之母宋太夫人《远荫堂诗稿》书后①（二首）

一

母教垂诗教，清风诵不违。
蜀山云在望，桂岭鹤来归。
片羽贻珍重，灵光屑玉扉。
丹邱更何处，一卷写春晖。

二

宏识开明早，生儿献国家。
储材比松柏，动色咏筭珈。
海内披彤史，庭前补白华。
缤纷遗句在，万本种梅花。

题襄城胡善长②《一瓢诗稿》

胡夫子，系一瓢，箕颍之间任逍遥。
许由洗耳于水边兮，视天下若敝屣。
彼尧跖之徒兮，日侄偬鸡鸣而起。
愿与胡夫子共翱翔兮，以天地为衽席。

---

① 此首作于1948年。作者自注：稿内有"吾也自种梅"句，经覃孝方先生修改过，并志。编者按：作者原句为"吾也自种梅"，经覃先生改为"万本种梅花。"
② 胡善长，河南襄城人，曾任河南大学中文系教授，精文字学，擅长诗词、书法，编著有《襄城县志》。

〔越调·天净沙〕
谒黄花岗

中原万里悲笳,南来泪洒黄花。

开国人豪礼罢,

采香盈把,高呼万岁中华。

无 题

黄花岗上有啼痕,白首于郎拜墓门。

三十余年真一梦,凭栏不忍望中原。

至此方知稼穑艰,每思开国一惭颜。

人豪寂寂余荒垄,笑得英灵往复还。

文白电予暂勿来平[①]

衡阳雁去几时还?万叠燕云万叠山。

彩凤身无双羽翼,雕笼何日启重关?

---

① 这里的"文白",指张治中。这首诗指 1949 年国共双方代表团达成协议那天,张治中接到李宗仁的电报:"6 日派于右任为特使,前往北平,协助国民党代表团和中共进行谈判。"嗣后接张治中的复电:"于先生暂勿来平"。先生大为失望,赋此诗。

见永平作《秣陵杂咏》因题此诗[1]

雾封烟锁郁苍苍，匆别留诗寓感伤。
眼底江南风景异，天将大雨舞商羊。

题李啸风《劫余剩稿》[2]

大器方能开世运，至人始信出民间。
乾坤振荡风和雨，太息关中两少年。

港渝机中

南来温饱真如梦，北去饥寒不断呼。
大翼摩天如缓缓，佳儿出世已呱呱。
风生誓海平胡气，泪落耕田识字夫。
万族咸熙吾有愿，"众生"莽莽待昭苏。[3]

---

[1] 1948年10月刘永平曾赋《秣陵杂咏四首呈于右任院长》，时刘永平在院长办公室供职。诗云："动地波涛滚滚来，目空无物亦堪哀。中枢一老主和议，免使江南付劫灰。""江边屹立谢公墩，欲卧东山作隐沦。推手棋枰谁管得，帆樯欲动已连云。""歌残玉树露初凉，六代豪华付莽苍。自古神州原一体，那须南北限长江。""挈妇将雏返故乡，知机何必恋岩墙。百千万劫纷经眼，去住安危莫计量。"于右任先生离开大陆前夕力主和议，欲赴北平谈判未果，终于被迫去台。

[2] 作者自注："李梦彪，陕西洵阳人，啸风其号，与先生同岁。此诗作于1949年6月，时寓广州东山寺贝通津，慨然曰：'两少年今俱老矣。'"辛亥革命时，李啸风在新疆伊犁策动起义，颇具声望。20年代，曾代理陕西省省长，后辞官回乡。抗战期间出任参政员，后又任监察委员，后在台湾病逝。

[3] 众生另作神州。

重九台港机中（二首）

一

云表作重阳，高吟老更狂。
诗真有神助，事亦破天荒。
沧海龙方起，中原雁几行。
草山诸作者，为我寄佳章。

二

解放生民亦自豪，太平事业待吾曹。
人间唱遍，老子吟坛万丈高。

渝台机中

粤北万山苍，重经新战场。
白云飞片片，野水接茫茫。
天意抑人意，他乡似故乡。
高空莫回首，雷雨袭衡阳。

[浣溪沙]
辋溪翁消寒之约遇雨,到台湾后作

兰桂同时各放香,杜鹃肥大不寻常;数株老树一山庄。
重见幽香偏遇雨,争传消息说还乡,渔翁应醉辋溪旁。

题日月潭[①]涵碧楼

利普台湾省,光生日月潭。
君应信真理,人事可回天。

---

① 日月潭:台湾著名风景区,位于南极县鱼池乡水社村。

重阳约台北诗人于阳明山[①]柑橘示范场登高，耆老到者甚多予诗独迟成（二首）

一

阳明山上作重阳，艺圃秋深万卉香。
记得去年曾载酒，高吟飞掠太平洋。

二

灾难峰连欢喜峰，当年曾撞自由钟。
君知世运关文运，白首空山唤好风。

---

① 阳明山：原名草山，抗日战争胜利后，为纪念王阳明先生而改名，位于台北市，现建有阳明山公园，在群山环抱之中，阴晴雨雾，气象万千。柑橘示范场即设在其中。

阳明山上作重阳，苑圃秋深菊未开，为是年年当此日，泛舟犹忆渡太平洋。又去岁岁行徒向午，中原扰乱更扣舷；一望空防帆远变，难遣飢寒故国心。灾难峰峰远，彭嘉峰高年无怪撞钟，惟吾君去世，运开文运白首，忆山峻有凤。

己丑冬季月 于右任

邵翼如六十冥寿默君夫人索诗步旧题《闺中生日诗》韵

逝矣钱塘水，巍然玉尺楼。
犹闻忠与爱，生死各千秋。

一月与溥心畬、张默君、曾今可、郎静山、谷岐山、刘延涛、陈士香访辋溪杨啸霞，看所植兰①

种兰五十载，香满辋溪滨。
真有耕耘乐，似君能几人。

---

① 溥心畬，即溥儒，爱新觉罗氏，字心畬，号西山逸士，曾任北京师范大学、艺术专科学校教授。郎静山，著名摄影家，浙江兰溪人，1995年逝世于台湾。

上巳新兰亭禊集[1]

又是兰亭修禊时,游观所向盛于斯。
自由觞咏人人乐,大宙清和岁岁期。
当世不殊诸子抱,其情或引万流知。
天随浪迹亭林老,俯仰之间一遇之。

鹅銮鼻[2]海边与谷岐山、曾永生拾石子

大浪淘顽石,千年复万年。
太平洋上望,今古几渔船。

---

① 此首诗作于1950年。作者自注:"台北士林园艺所所长陈国荣,养兰数十种,皆名品。先生为榜其室曰新兰亭。上巳日,与贾煜如、黄纯青,发起修禊于此。贾煜如,即贾景德,注见前。黄纯青:原名炳南,乳名丙丁,晚年自号晴园老人,台北县树林人,幼好吟咏,早年曾参与组织瀛社,曾任台湾省文献委员会主任委员。

② 鹅銮鼻,在台湾岛南端,是海上交通枢纽。

吴凤庙①献花

酬君当奉人心果，
寿世应同阿里山。
仁者爱人无不爱，
牺牲岂止为台湾。

夜读《曼殊大师集》，并怀季平、少屏、楚伧、元冲诸故人②

不见僧归见燕归，
燕归应恫旧巢非。
江南师友俱零落，
独自栖栖雨湿衣。

---

① 吴凤庙：又称"阿里山忠王祠"、"吴凤祠"，为奉祀义人吴凤而建，位于嘉义县中埔乡，每年三月初三和八月初三举行祭礼。
② 少屏：姓朱，原名葆康；元冲：姓邵，字翼如。二人均为南社社员。

聊為台灣人心耒壽老名同唱
凼仁者壽人生不生輕生為
台灣

屈原老耽老
近来极忧愁书多以人心果犯东坚風
三九年のを 于右任

吊吴白屋①先生（二首）

一

泾阳吴老字仲祺，其子知名号陀曼。

父为大侠子学者，我亡命时蒙蔬饭。

近读白屋碧柳集，知遇陀曼诗一变。

吴老逝矣我难忘，君报陀曼乃宿愿。

二

西安围解名贤萃，四诣军门莫相值②。

生大文豪天亦难，遇大文豪世不易。

今读遗集诸大篇，大笔回环我欲泪。

祝此独立特有之雄才，再以文章为世瑞。

为张岳军题胡笠僧为岳西峰《临岳武穆书长卷》③

武穆精灵呼欲出，将军文采似相承。

当年霸业今安在？垂老才知负笠僧。

---

① 吴白屋：名芳吉，字碧柳，四川重庆江津人，工诗。吴仲祺：陕西泾阳人，曾任陕西靖国军参谋长，作者早年亡命上海时，曾居其家。陀曼，即吴仲祺之子吴宓，字雨僧，与吴碧柳为友，称吴两生。两人皆善诗，都精研中西文化，对红楼梦有研究，曾在清华大学、成都燕京大学、四川大学任教授。

② 此时适逢作者外出。

③ 张岳军：即张群，四川华阳人，字岳军，曾任四川省政府主席，"行政院院长，"1950年到台湾。胡笠僧：即胡景翼，陕西富平人，字笠僧，曾加入同盟会，"北京政变"后任国民军副总司令、河南督军。

又 题（二首）

一

风雪关山共几程？崤函归路昔曾经。

张侯佳句吾能记，"夜色微茫见大星"。①

二

武穆遗书何处寻？重视跋尾一沉吟。

伤心二十余年事，白首题诗泪满巾。

四题胡笠僧为岳西峰《临岳武穆书长卷》②

遗恨难为告九泉，茫茫华下两坟园。

摩挲上将新诗卷，洗涤神州旧泪痕。

一代人才悲短命，几番雷雨更招魂。

夜深犹是汤阴道，老木风声叩庙门。

---

① 作者自注：末句为张拜云诗句，笠僧喜唱之。
② 1925年国民军副司令胡景翼（笠僧）曾临摹岳武穆书，作长卷赠张群（岳军），右任先生在台多次题诗，不忘袍泽，感人至深。

风雪闭山此我径清远阳路昔曾经北岳经向吾能记夜色渐花凡大空

三月三日默君、槐村约台北宾馆禊集拈得王字

修禊心情异大王,兰亭觞咏亦寻常。
题诗昭告全人类:为汝今朝祓不祥。

生日游草山柑橘示范场

嫩绿新芽次第栽,名园曳杖且徘徊。
人间佳种知多少,天上晴云自去来。
老屋翻新村径远,小畦惊艳好花开。
白头吟望中原路,待我归来寿一杯。

题张岳军藏丈雪和尚诗轴

破山大弟子,圣水一诗僧。
清绝如苍雪,悠然得上乘。
头陀原不醉,心法自相承。
四十八盘路,人间有废兴。

嫩绿新芽泣苦残名园曳杖足纵横人间佳种

知多少更上晴云日七来杏花烂熳东小睡笑

艳亚春宵白郎吟雪中原路待余错时来一枝

右任

四十三年十月

[印]

题慈镇西《勒马图》①

勒马雄姿不可当,佳儿接武亦堂堂。
神州破碎悲元老,犹念山东旧战场。

四十年诗人节

文化平流接万方,真光远射几端阳。
亦兴人类安全感,航路时时对太阳。

题杨沧白②手书《寄内诗册》

万锄春影一蓑笠,春草方生日又西。
九死难忘为国意,月明如水杜鹃啼。

---

① 作者自注:"海滨先生司机慈正明,慈镇西之子也。镇西为居觉生先生在山东时旧部,有战功,早死。正明当时年少,镇西有勒马遗照,正明奉母命,慎守勿失,携以来台,居、邹二公皆无意中遇之,其事可述也。"

② 杨沧白:名庶堪,字品璋,后改沧白,四川巴县人。早年入同盟会,辛亥领导重庆起义,曾任广东大元帅府秘书长,后任四川省省长,广西省省长等职。

魏清德先生招饮

清德门风信有因,巍然古貌一平民。
家庭博士躬劳役,①风月名园作主人。
救溺难忘天下任,题诗不负百年身。
万华如海藏名日,②遗墨汤谭礼一巡。③

谢江火家看菊

篱间尽是中原种,要我赏之赠我看。
我本关西莳菊者,海天万里一凭栏。

再游柑橘示范场水亭小坐

万绿招邀一再来,无穷生意是春回。
源头活水艰难到,圃内新畦迤逦栽。
三面青山添画稿,一行老树有花开。
同人争向中原望,天放晴光亦快哉?

---

① 作者自注:公长子火曜,医学博士,台大医院院长;次子炳曜,妇科主任,皆躬亲劳役。
② 作者自注:丁叔雅寄我《旅京杂诗》十五首,仅记"万华如海一身藏"首句。
③ 作者自注:公藏有吾友汤觉顿书谭浏阳遗诗,并有丁叔雅遗墨。

韬园冬至约诸老小叙

仿杜曲江三章

一

韬园诗兴老复颠,
诸老应邀冬至天。
计岁七百七十年。
冬天到了春不远,
万花涌现诗人前。

二

谢君有酒能共酌,
多君意气重山岳。
新诗赋就再商榷。
中兴事业必完成,
一阳复始天下乐。

三

请看杜老朱门篇,
诗为生民理则研。
老当益壮希前贤。
寒者得衣饥得食,
老者之愿方欣然。

看刘延涛学画

延涛学石涛,
兴至挥其毫。
二涛合流自今古,
作画意境为之高。
零碎山川颠倒树,[①]
眼前隐约中原路。
画中诗心杂乡心,
倚天照海非无故。
爱石涛者请移步。

林文访张鲁询二公次第为消寒之约仿杜老曲江三章迟答其意并呈诸老(三首)

一

消寒消寒诗阵开,
诸公诗兴真豪哉?
握手春光摇酒杯。
毕竟诗人开世运,
一章吟罢薰风来。

---

① 作者自注:"零碎山川颠倒树,不成图画更伤心。"为昔贤题石涛画句。今取其上句,下易以"眼前隐约中原路",寓怀念大陆之深情。

二

　　气象峥嵘岁时闹，
　　江山美丽春先到。
　　日暖风和纵谈笑。
　　战时自挟征战声，
　　非古非今不同调。

三

　　万众饥寒休怨天，
　　南望北望心悬悬，
　　太平洋上风云连。
　　鱼龙壮大波浪阔，
　　誓海欲动今三年。

〔中吕·醉高歌〕

题惕轩《藏山阁选集》

八年抗战余哀，豪气歌声未改。
太平洋上风云待，更放光明万载。

题陈雪屏家藏旧拓《九成宫醴泉铭》

天与清香似有私,①如何四宝尽归之。
九成台下佳山水,②辉映名碑待我时。③

癸巳重九士林登高

重阳今又到,怀旧复登临。
风雨一杯酒,江山万里心。

与诸同人禊集新兰亭如约为诗

山上密集相思树,山下修洁温室路。
山泉引入新兰亭,少长诗人来无数。

---

① 作者自注:林和靖句。
② 作者自注:友人告我九成宫前山水极佳丽。
③ 名碑:指《九成宫醴泉铭》,唐碑,魏徵撰,欧阳询书。

晴园①消寒之会（二首）

一

芝兰之室信芬芳，窗外寒梅更放香。

同向春风争自奋，满园生意醉何妨。

二

金鼓河山悯乱离，白头蹀躞几沉思。

太平洋上吟风客，可有中原射虎时。

黄纯青②贾煜如两先生士林立碑并约重阳高会

片石新题记，诗人旧酒乡。

不风又不雨，佳日作重阳。

---

① 晴园：为台湾诗人黄纯青的别墅。
② 黄纯青：原名炳南，晚年自号晴园老人，台湾台北县树林人。幼好吟咏，早年组织瀛社，曾任台湾省文献委员会主任委员。

寿赵友琴先生七十（三首）

一

漠北归来日，五原会议时。
誓师关大计，片语释群疑。

二

铁马走关河，英雄一曲歌。
我真有美酒，问子意如何？

三

醒时作卫霍，醉后学关马。
持节老将军，露宿雪山下。

醒时作梦霜破晓，向马持节
老将军旗卷白雪山心

诗人盖时亦如是
维谦先生正
于右任

赠莫柳忱先生七十[①]

天山云气接长春，冰雪光明见异人。
几载城边当乱世，一株新柳佩终身。
逍遥岁月心弥壮，匡复家山梦有痕。
神木摩挲问年纪，同支时代领群伦。

〔黄钟·人月圆〕
为张大千题《先人遗墨》[②]

天涯人老忘途远，君莫话前游。风云激荡，关河冷落，贤者飘流。一枝名笔，三年去国，万里归舟。依依何事？先人遗墨，并此神州。

克温弟自帕米尔高原归台三周年纪念日索勉励之语因为此诗

帕原容易过，更度万重云。
风雪征人泪，江山志士心。
前途须自奋，百虑莫能侵。
陟险精神在，真涵古自今。

[①] 莫柳忱：即莫德惠，字柳忱，原籍吉林双城，生于新疆。曾任国民参政会议员，1968年在台北病故。
[②] 张大千：名爰，号大千居士，四川内江人。1949年迁居香港，后曾在印度、阿根廷、美国等地居住，1983年在台湾病逝。代表作之一《长江万里图》。

基隆道中①

云兴沧海雨凄凄，港口阴晴更不齐。
百世流传三尺剑，万家辛苦一张犁。
鸡鸣故国天将晓，春到穷檐路不迷。②
宿愿犹存寻好句，希夷大笑石桥西。

题《故山别母图》（二首）

一

文章报国男儿志，天地无私慈母心。
珍重画图传一别，故山长望白云深。

二

龙雾山前云气深，云埋万丈到于今。
梦中游子无穷泪，二十年来陟屺心。

---

① 基隆：在台湾岛北部。
② 民谚云："福州鸡鸣，基隆可听。"

和拜伦《希腊篇》（三首）

任公、君武、曼殊、适之均有译本，予以七律和之，和者，和其意也。仅三首为止，留待他日也。①

一

希腊精神我所思，星罗群岛降祥时。
栖迟仙迹征人泪，惆怅沙浮圣女诗。
明月多情还我恋，骄阳无限惹人悲。②
难忘一曲忧伤意，歌咏人间任听之。③

二

荷马名歌天下欢，爱情鼓吹有阿难。
争将儿女英雄气，注入兴亡运会间。
异世高名犹想象，宗邦多难一辛酸。
夕阳无语凭栏立，渺渺遗音未许弹。

三

摩罗山上几徘徊，表里河山气象开。
游子行行不忍去，自由望望复归来。
梦中希腊应无敌，幕上波斯尽可哀。
不信沉沉竟终古，人生从此作舆台。

---

① 任公：即梁启超，广东新会人，字卓如，号任公，又号饮冰室主人，近代资产阶级改良主义者，学者。君武，即马君武，广西桂林人，曾任广西大学校长，爱文学，尤工于诗。曼殊，即苏玄瑛，法号曼殊，原籍广东香山（今中山）人，喜文学，有《苏曼殊全集》。适之，即胡适，安徽绩溪人，提倡新文化运动，在学术界颇有影响。
② 书法作品为"使人悲"。
③ 书法作品为"任所之"。

为郑曼青题《九畹云根图》

万卉滋荣运转移，乾坤再造待人为。
所南心史精神在，大放光明会有时。

甲午重九淡水①沪尾山忠烈祠登高赋呈诸公

沪尾山头百卉芳，国殇祠畔立斜阳。
黄花今日谁来赠，为祝诗人晚节香。

消寒雅集

乾坤冷战到何时，寒社消寒定有诗。
运转阳和苏万类，云横大漠一沉思。

题《张静江李石曾两先生山水画册》②（二首）

一

卧禅东行竟不还，石翁放笔写溪山。
开国多难悲元老，余事支撑天地间。

---

① 淡水：地名，在台北市的西北，风景秀丽，可登山望海。
② 张静江：浙江吴兴人，又名张人杰，曾捐助孙中山发动广州黄花岗之役。李石曾：即李煜瀛，注见前。

二

用笔不同用意同,传神各有古人风。
吴兴博大沉雄气,尽在高阳友谊中。

赠山田纯三郎①

白首相亲作远游,难兄难弟各千秋。
樽前频下中山泪,犹是凄凄念亚洲。

寿许静仁②先生八十

不特人崇仰,宜为世准绳。
心常天下念,诗是老成能。
八十身弥健,艰危气益增。
举觞齐庆祝,延伫看中兴。

怀九先生七十三寿辰

先生老益健,德泽万民思。
早在开国日,即垂法治基。
文章真应瑞,案牍更无私。
征伐申天宪,成功更有期。

---

① 作者自注:山田之兄良政曾参加1907年孙中山先生领导的惠州起义而殉难。山田还保存有中山手书"亚细亚复兴会"六字。山田纯三郎,日本青森人,字子纯,与孙中山相识,曾任上海同文书院教授、上海民国日报社长等职。

② 许静仁:即许世英,字静仁,号双溪,安徽至德人。早年曾在清政府任奉天高等审判厅厅丞等职,1950年由香港到台湾,著有《许世英回忆录》。

读覃孝方撰《叶素园传》有怀即呈并祝其七十又二寿辰[①]

开国之功久已忘，两壶老酒话沧桑。
几回词赋联文会，一再风雷梦武昌。
自古争传仁者寿，于今更祝寿而康。
共怜白首论文日，胜利终期在战场。

寿吴礼卿先生七十[②]

开国之功不可忘，于思尚及说其详。
金陵未下资筹划，民立难支赖主张。
活国由来危益见，论兵更是识弥强。
人生七十今犹壮，百岁还期祝万方。

病后游阳明山公园展望

移坐林泉几石矶，樱花将绽杜鹃肥。
未能载酒寻诗去，翻羡游人烂醉归。
翘楚名园如故友，忧虞大地待晴辉。
中山学统明州志，一代云雷百世师。

---

① 作者自注："元年（辛亥革命时），公在黎（元洪）幕。""覃孝方述公在南京时事，有'两壶老酒'云云。两壶者，两湖也。"
② 吴礼卿：即吴忠信，别号坚，字礼卿，安徽合肥人，曾任监察委员，新疆省政府主席。

杨啸霞先生八十寿

辋溪翁，诗几卷，酒几盅。
辋溪翁，菊儿畦，兰儿丛。
老作园丁兴不穷。
辛苦耕耘数十载，
于今亲见百花红。

胡康民先生八十晋四寿辰为作老人歌以祝①

老人诗祝我，病魔莫敢乘。
愈后逢华诞，礼佛访高僧。
当年讨贼意，此日尚峻嶒。
风雨思桃李，关山念友朋。
我今更为老人寿，老人家有原子能。
濡染大笔成中兴。

〔贺新郎〕
生日答记者问②

白头游子白头妇，记当年，书灯夜雨，古槐依旧。纵使人间无公道，尚有皇天后土。更念念，思亲引咎。五十年来成何事？遇良辰，不忍空相负。烦记者，录诸右。

---

① 作者自注："胡康民先生为胡君秋原之尊翁。是年先生诞日，胡氏有诗致祝。"
② 此词是作者76岁生日之作。

田家乐（三首）

——读丰年杂志

一

锄头有肥，犁头有肥；
锄吧犁吧？不肥自肥。

二

犁头有肥，锄头有肥；
犁吧锄吧？施肥更肥。

三

后人施肥，先人施汗。
开辟良田，大家有饭。[①]

诗人节赴台南道中

海山苍翠色，助我以诗情。
远大先民迹，精勤万井耕。
采兰歌屈子，有酒礼延平。
道树熟芒果，山禽少弄声。

---

① 书法作品为"千担万担"。

沁水贾煜老七十六寿辰①

孕育千年洪谷子,画家后面有诗人。
开山著作前无例,悯乱吟哦老倍亲。
百中谁能争胜负,高歌近益见精神。
时光巧遇新佳节,照眼黄花处处新。

槐树先生招饮木栅家中,饭后同游仙公庙

仙公庙下钟夫子,白首行吟日几回。
健步居然忘路远,快心此日见山开。
新诗豹变莺藏后,好梦龙飞凤舞来。
翻羡门前秀而野,邻家处处有花栽。

题陇西祁少潭《漓云诗存》②(二首)

一

风雪山川阻半生,诗人竟失一苏卿。
百年博大缠绵句,"落日牛羊唤母声。"

---

① 此诗作者在出版时对书法原作进行过修改。
② 作者自注:"祁先生之诗,出之以雄强,约之以绮丽,体物寓兴,卓尔名家。吾生师友中,西北而失此人,大隐固不在名,而益彰余过也。兹择爱诵者数首录之。"第一首第四句乃祁诗原句。

二

高呼汤武天人战,否认夷齐薇蕨香。
瞻彼西山犹有泪,清风明月不能忘。

高雄①至鹅銮鼻道中(三首)

一

日暖乌鱼水底过,无鱼谁唱打鱼歌。
渔翁晒网沙场上,坐待风生万顷波。

二

大王椰子舞天风,甘蔗连郊映眼中。
闻说人间新灌溉,十年万井已成功。

三

昔年濯足太平洋,拾得螺纹石一筐。
今我重来何所见,自由塔放自由光。

题榆林王军余抗战时所作《国难漫画集》②

敬致吾乡图画王,曾挥彩笔救危亡。
热情漫画人人爱,通俗新诗字字香。

---

① 高雄:台南重镇,海上交通发达,与福州遥遥相望。
② 作者自注:"君在西安执教时,学生称之曰'图画王'"。

大王椰子并无风句
蔗连好映眼中闲说
民间新灌溉十年为
井之头功

十年前井为余
左氏州三〇年为西
小镇倡者

于右任 四〇十三年
三月廿
三日

题刘延涛《草书通论》

草圣联辉事已奇，多君十载共艰危。
春风海上仇书日，夜雨渝中避乱时。
理有相通期必至，史无前例费深思。
定知再造河山后，珍重光阴或赖之。

乙未士林禊集

又为人群祓不祥，雨中咸集意难忘。
春生宝岛寒流过，云护金门曲酒香。
日月翻新新未已，江山苦战战何妨。
杜鹃万紫千红色，轻与兰花比晓装。

题胡秋原《世纪中文集》[①]

美玉精金市有价，文章在世与之同。
时当汤武天人战，各有河山创造功。
比旧名家多霸气，为新世纪作劳工。
白头才尽难成序，冀以诗歌引大风。

---

① 作者写此诗时有长序。"欧阳公云：文章如精金美玉，市有定价，非人可能以口舌贵贱也。胡君秋原文名当代，余劝其结为一集，以便读者，并允为其作序。我寄语曰：君以如长江大河之文，使我以细流环绕之，何敢，何敢。诗则我如公之为文，操纵自如也。"对胡君奖许备至。胡秋原，湖北黄陂人，字石明，1950年到台湾，任《中华杂志》发行人。1988年9月来大陆探亲，受到当时全国政协主席李先念的接待。

鸡鸣曲[1]

福州鸡鸣,基隆可听;
伊人隔岸,如何不应?
沧海月明风雨过,子欲歌之我当和。
遮莫千重与万重,一叶渔艇冲烟破。

诗 变

诗体岂有常,诗变数无方;
何以明其然?时代自堂堂。
风起台海峡,诗老太平洋;
可乎曰不可,哲人知其详。
饮不竭之源,骋无穷之路,
涵天下之变,尽万物之数。
人生即是诗,时吐惊人句;
不必薄唐宋,人人有所遇。

中坜圆光寺访本际和尚[2]

中坜市外圆光寺,寺里深藏一老龙。
七十出家礼佛祖,三年无客知高踪。
临渊远挹清波阔,接叶时惊积翠重。
树荫法堂花满院,悬崖回响一声钟。

---

[1] 作者自注:首二句为台湾民歌,末句为清人成句。
[2] 作者自注:和尚俗姓龙。中坜,地名,在桃园县与新竹县之间。

梅树鹤鸣一云隐可征伊人隔岸如何不尘沧海月明风雨迟子欲乘之我当孤逐惹丰姿与羲皇一蒸水涯舰衔恒破

于右任 鹤鸣出

题张岳军藏《黄克强先烈遗墨》

开国之功未可忘,国人犹自说孙黄。
黄花满眼天如醉,猛忆元戎旧战场。

季辅请题组庵先生《游庐山杂咏》手卷

当年出武汉,几日憩名山。
同是诗情少,多因国步艰。①
来鸿似非旧,②游鹤也知还。
展卷无言立,风生指顾间。

题张大千为黄君璧③作《白云堂图》

白云无尽,孤儿多伤。
一幅图画,罔极心肠。
画者谁?张八郎。
白云堂下云来往,白云堂上花生香,春满白云堂。

---

① 作者自注:同游两日未谈诗。
② 公重至庐山诗有"谁识来鸿忆旧行"之句。
③ 黄君璧:字君翁,广东南海人,曾任中央大学艺术系教授,擅长国画花鸟人物、云水瀑布,曾获巴西美术学院院士荣衔。

许君武陈韵笙结婚三十年纪念

鸡鸣视夜明星烂,三十年来逢世乱。
同心携俪耦而耕,蕙圃芝田功已半。

赠陈孝威将军①

以道自卫何雄哉?填海筑起天文台。
远东之窗频展望,冷雁叫群情所哀。
时贤谁是知兵者,真理还须请剑来。
晤面良难留不易,看君笔下起风雷。

赠孝威诗意有未尽再以远东之窗释之

远东之窗几扇开,观者请上天文台。
河山泪与英雄血,多待将军争取来。

---

① 作者自注:"陈孝威为军事学名家,在港办天文台日刊。"

基隆道中

生日定走基隆因风雨而止次日复去接季玉道中成此

郊行避寿礼应该,锦锈川原面面开。
初拟寻诗游虎尾,继思载酒走乌来。
江山有待人难定,风雨无私世莫猜。
毕竟基隆路平坦,希夷再遇亦奇哉。

题宋希尚教授著《李仪祉传》[1]

青年学子各言志,独悯生民遭旱荒。
储学方能移命运,成功岂仅救家乡。
余生歌哭终何补,万众饥寒更可伤。
闻道秦人说八惠,遗文理就几思量。

---

[1] 作者自注:"余肄业泾阳书院时,与同学李仪祉、茹怀西,步行往三原。时,天旱连年,怀西曰:要人工造雨。仪祉曰:学水利也可。因述其语,距今五十余年矣。"八惠渠原为李先生所规划。对陕西农业发展有一定贡献。李仪祉(1882—1938):原名协,字宜之,陕西蒲城人,早年留学德国,专攻水利,是我国著名的水利专家。

题梁鼎铭画《拐子马图》

金兀术,南侵者。①有精骑,拐子马。
万五千骑重铠兵,横行中原挡者寡。
阵前屹立岳爷爷,大破胡儿郾城下。
前锋已到朱仙镇,痛饮黄龙期可把。②
歼灭敌人在眼前,国策一误如何写。
破贼容易肃清难,岳武穆之遗恨如斯也。③

寿陈含光先生七十晋八

我持一樽酒,祝公无量寿。
诗比散原清,字似兰甫秀。
不作又不述,人不知其富。
含英扬光辉,似新还似旧。
南来数年间,更有所成就。
一代人才兴,苦学为之奏。
思以寿而长,岂曰自天授。
同岁君为长,国难得相遘。
文运会弘开,天香扑衫袖。

---

① 金兀术:即金兵元帅完颜宗弼,金太祖阿骨打第四子,领兵南侵,为岳家军败于朱仙镇。
② 痛饮黄龙:表示克敌制胜的雄心壮志。黄龙府,金朝的首府,在今吉林农安县。
③ 武穆遗恨:金兵于绍兴十年,向宋大举进攻,兵飞率部顽强抗敌,收复了许多州郡。七月间,岳家军在郾城(今河南郾城)大败金兵,歼灭了金兀术的精锐骑兵拐子马,接着又在颖昌将金兀术打得狼狈而逃,一直追击到朱仙镇。此时主和派宋高宗和秦桧连发十二金牌,强令岳飞退兵,并诏回岳飞,害死在风波亭。以至未能直捣黄龙府,成为千秋遗恨。

观郭明桥画作

长夜漫漫,苍然莫辨。

鸡儿飞鸣,兔儿奔窜。

绵羊唤母,狼虎为患。

如日蚀之已既,

而万物收敛。

孔子执戈,耶稣带剑。

平其不平,神圣所念。

何人当先,百胜百战。

争取自由,与天下见。

光明兮,快哉?

光明兮,快哉?

光明远播兮,太平开。

题罗锦堂①《中国散曲史》(七首)

一

关马之兴地运移,北人一曲自雄奇。

琼筵客与朝阳凤,铁板铜琶两大师。

二

山河犹带英雄气,杨柳将垂嫋娜枝。②

自有风流高格调,知佗不是宋人词。

---

① 罗锦堂,甘肃陇西人,词曲学家,长期在台湾省台大任教。
② 皆张养浩句。

三

民族交融产异花,西来诸部几名家。
酸斋文思如天马,集里何来春燕斜。①

四

康王乐府出吾家,绝代风流陌上花。
所惜词人失机会,零煎细炒凤随鸦。

五

白石清泉一曲箫,幽香入画酒旗招。
平民文学开新运,天下争传郑板桥。

六

我说长洲集大成,末流特起世人惊。
江山风雨师生泪,万卷飘零惜此声。

七

金鼓玉箫两者间,浩歌有待凯歌还。
中华学府宏扬遍,万选应知不等闲。②

---

① 集内清江引。
② 郑骞曲选。

四十六年元旦天放晴喜而记所梦

昨宵梦绕黄花岗,又入中原旧战场。
灾难随年恭送了,今朝雨后看朝阳。

题民元照片

民元,总理辞临时大总统后,宴客于上海爱俪园,摄影留念。参加者:唐绍仪、陈其美、熊希龄、黄郛、胡汉民、程德全、谭人凤、蔡元培、张謇、汪精卫、曹亚伯、褚辅成、林长民、马君武等三十四人。现仅存余一人,其余皆凋谢。抚今追昔,赋此寄慨。①

不信青春唤不回,不容青史尽成灰。
低回海上成功宴,万里江山酒一杯。

---

① 唐绍仪:广东香山人,字少川,曾任国民政府委员,1938年在上海被刺死。陈其美:浙江吴兴人,字英士,曾成为青帮领袖,1916年被北平军阀刺死于上海。熊希龄:湖南凤凰人,字秉三,曾任段祺瑞政府行政院院长,后从事慈善事业,创办香山慈幼院。黄郛:浙江绍兴人,在北洋政府任外交总长,在南京国民政府任外交部部长。胡汉民:广东番禺人,字展堂,曾任国民政府"立法院"院长、国民党中常会主席。程德全:四川云阳人,字纯如,后退出政界,受戒于常州天宁寺。谭人凤:湖南新化人,字石屏,曾策动讨袁,参与护法运动。蔡元培:浙江绍兴人,字子民,曾任北京大学校长,支持新文化运动。与宋庆龄、鲁迅等发起成立中国民权保障同盟,任副主席,1940年病逝于香港。张謇:江苏南通人,字季直,号啬庵,光绪朝状元,授翰林院编修,1922年任交通银行总理。褚辅成:浙江嘉兴人,字慧僧,主张抗日,后曾任上海法学院院长。马君武:广西桂林人,在上海参加创办中国公学,任教务长,晚年任广西大学校长。

丁酉新春与澄基、想想携诸孙在基隆海滨浴场小坐①（二首）

一

锦绣家山万里同，寻诗处处待髯翁。
今朝稳坐滩头石，且看云生大海中。

二

无祷告时无恐怖，白头无悔作劳人。
沈沙锦石淘难尽，闲伴儿孙戏海滨。

延涛叙我创办《神州日报》事，酬之以诗

出亡戮力几春秋，当日青年今白头。
一夜惊心眠不得，神州旧主哭神州。

---

① 澄基、想想：澄基，全名张澄基，想想的丈夫。想想，即念慈，于先生的小女儿。

东严老兄正

绵绵云山万里同，沧海沧田各不殊
独坐凝思石上松，风云变生大海中　基隆海滨坐
不信青春唤不回，不信青史尽成灰，低回
海上听功寄万里，江山泪一杯

起元四九
于右任

远同王君世昭作屈子[①]2300年纪念祭

一卷离骚爱不忘,一丛兰蕙发天香。
歌谣传世非神话,风雨怀人是国殇。
为汝行吟迷远近,有谁端策决兴亡?
二千三百年时迈,春草生兮酌桂浆。

喜见《居延汉简》[②]出版(三首)

一

此生得见居延简,相待于今二十年。
为谢殷勤护持者,乱离兵火得安全。

二

故友书家王世镗,心魂日日在敦煌。
及闻得宝居延海,[③]垂死犹呼木简香。

三

远征考古真不易,守缺抱残亦至艰。
从此居延多少简,公开散布到人间。

---

① 屈子:即屈原,名平,战国时楚国人,楚怀王时,曾任左徒、三闾大夫等职。因佞臣诬陷,惨遭放逐,流落于沅、湘江流域一带,多年后,抱石自沉于汨罗江而死。

② 居延汉简:为汉代木简,1930年西北科学考察团在内蒙古额济纳河流域居延海地方的汉代烽燧遗址中发现的,有一万余枚。

③ 居延海:在今内蒙古额济纳旗北部,本为一湖。

北投①道中遇监委陈志明牧羊（二首）

一

牵羊一牧者，遇我北投道。
牧者爱其羊，沿山觅青草。
草肥羊自肥，羊肥奶自好。

二

力为己所出，奶非天所造。
自有生民来，惟善以为宝。
苏武持汉节，太息人将老。

杖②

不尽生平民族泪，当年作誓亦徒然。
手持藤杖何人赠，助我辛勤二十年。

---

① 北投：地名，在台北市北。
② 作者自注："杖为贵州苗民所赠，曾言盼为苗民谋利益。"

题陈含光先生撰书《陈勤士先生八十寿文》[①]

含老文章自足传,陈家世世出名贤。
微闻两代头如雪,开国回思一泫然。

陈纪滢先生编《张季鸾文集》成嘱题

痛心莫论大公报,民立余馨更可思。
但愿终身作记者,春风吹动岁寒枝。

忆三十八年黄花岗埋碑事

1949年余埋碑黄花岗赋天净沙一曲,1957年3月29日忽忆及之悲成此咏

一曲悲歌天净沙,黄花岗上泣黄花。
凄凉往岁埋碑日,亲见寒云噪暮鸦。

---

① 作者自注:"勤士为英士先生兄长,年八十七矣。贤昆仲与余开国前相识。"

题林家绰写《牧羊儿自传》（二首）

一

少小乡村学放羊，壮年出塞射天狼。
太平洋上风云急，白首来临新战场。

二

白首来临新战场，几曾火箭射天狼。
夜深重读牧儿记，梦绕神州泪两行。

四十六年生日诗作彰化道中（二首）

1957年生日诗作于彰化道中同季玉伯纯沧波世达想想孝实望之

一

乾坤多难安云寿，日月如流赖有诗。
我与生民同病者，及身定见太平时。

二

曾借黄牛学种田，也曾学战过中原。
曾膺帝命为人役，老学斋中一泫然。

少小离乡初学放羊，佽飞空对恨夕阳。
浮上风也多白首来话战场。

于右任

题放羊图

题《王观渔诗卷》①

青年作者王观渔,雄壮金门是故居。
一首新诗一杯酒,乾坤清气袭衣裾。

题道藩院长家存考试大卷②（二首选一）

中外名贤修养辞,称来书写正相宜。
群论协力开新运,采得天香奠国基。

四十六年山中过夏

天道驱人未肯休,老夫逃暑亦悠悠。
无情岁月迷归梦,有泪山川作卧游。
过雨如飞云再起,出山不息水争流。
于为已是忘机地,何用题诗在上头。

---

① 作者自注："余民国十一年（1922年）雪题王觉斯诗卷云：'余廿年前亡命至孟津,见一高坟,视之,则王觉斯葬处也。因题诗……'民国四十六年（1957年）9月此卷又为日人所藏……因再题诗如下。"
编者按：作者于1908年曾写《过王觉斯墓》,并非1922年题王觉斯诗卷,隔时既久,似作者误记。
② 张道藩：字卫之,贵州盘县人,曾任国民政府宣传部部长,到台湾后,任"立法院"院长。

开箴先生正

天道驱人未肯休　去又逃来
悠　世情来月送阳春　已渡山川作
卧起云雨如飞　云年纪生日不息知多渡老身
已无点机地同月起活去上路

于右任

丁酉年山中过友作

陈含光先生七十九大庆（二首）

一

诞降年同月不同，诗坛伯仲两诗翁。
君曾书画成三绝，我更文章拜下风。
老树着花春不老，中原射虎日方中。
明年归里同称寿，同庆河山再造功。

二

徐庾而还至射洪，划开时代变诗风。
不为四杰承余绪，自是初唐一大宗。
公子琴歌英气在，老儒家世古文通。
深惭四十年前句，犹在先生记忆中。

赠罗敦伟

少壮为荣耀，白发亦尊荣。
君乃青葱者，两间有令名。
做其所当做，平其所不平。
周甲念高堂，浩然发天声。

诞降年同月不同，诗坛伯仲南
社为灵光，书画宋三绝，我交之
宰拜下风。苦树著名，妻子古申
原，对床日方中，吗车响里同稿
寿同考，河山再造功
徐庞而逊，玉对洪涛，画开时代变
诗风不为，四条承仔绕自是初
唐一大宗，子琴孙艺笔，左古传
家世古文通，渝悲四十年曷向
犹左先生，记怕中

舍光老兄七九大庆
弟于右任恭贺

寿钱新之

春暮游乐天,共饮沪西道。
醉后推小车,各矜手臂好。
转瞬三十年,时光催人老。
翠柏参天立,精神自浩浩。

赠刘延涛[①](二首)

一

标准草书行,文字自改造。
子与我合作,举世称美好。
文化之精神,草书顺其道。
我且大声呼,望子舒怀抱。

二

方法果若何?每课识一字。
中学倘毕业,不教可自致。
古籍既易通,民众亦易使。
一字可医国,医国有利器。

---

① 作者自注:"望其以标准草书之利益再告国人。"

井塘续作《于思歌》绍棣持湖笔并诗见赠因为此歌以答之①

君莫袖手焚笔砚,一草一木祖国恋。
我藏毛颖君不知,赠君来支神圣战。
神圣战,神圣战,我得长锋较射程,有似前方得火箭。
又如大队临中原,十年初接敌人面。
感公意,读公诗,于思于思有所思。
井塘作歌真巨手,一歌再歌奇迹有。
使我白头变颜色,持笔四顾并进一杯酒。

咏怀（二首）

一

当年振臂高呼:"平等、自由、博爱。"
作誓悬之国门,定耀人寰万载。

二

时代岂能后退,兵机不可先传。
天下英雄一梦,人间战伐多年。

---

① 井塘:指余井塘。绍棣:指许绍棣。余井塘《于思歌》中有:"于思于思三原于,乌府先生官气涂。闻昔年少髯尚无,半哭半笑吟且呼。"许绍棣《湖笔行呈右公》:"我有胡颖宿长锋,藏诸箧笥非至公。斯文正气生颜色,一为君歌衷肠热。"于思,作者曾用的笔名。见《左传·宣公二年》:"于思于思,弃甲复来。"作者银须飘胸,素有"美髯公"之称,故以《于思歌》赞之。

當年揮臂高呼争自由博得世界和平之國门定難入
寰宇残时代兒能後退兵机不可先傳毛共英雄一
夢人間幾代匆匆

于右任圆词悟

赠美国使者兰钦

人权与自由,是在人们造。
世界之来日,祈祷成功早。
节使世之贤,我亦知所抱。
持节任取之,惟贤以为宝。

再题民元照片

开国于今岁几更,艰难日月作长征。
元戎元老骑龙去,我是攀髯一老兵。

四十七年春节同乡会团拜演说归为诗三章

一

欢欣辞岁谢天公,障碍居然越一重。
争说先生年八十,牧羊孩子已成翁。

二

人生百岁不稀奇,生理家言已断之。
容易高龄百四五,万般进步待人为。

三

能养能生共几何?不教饭碗引干戈。
将来麦子木瓜大,四季开花结实多。

三月十二日赴阳明山看杜鹃花(二首)

一

忠烈祠前再拜看,士林园里也参观。
春风丽日阳明道,万岁声中万族欢。

二

三年创造杜鹃城，百万名花献众生。
世界公园美丽岛，象征奋斗到和平。

征 服（二首）

一

征服天空也有人，欢迎射手月球巡。
桂枝巨大真神木，万古飘香不受尘。

二

乾吾父也坤吾母，下则岳兮上则星。
学说于今一大变，人间各有圣人经。

题《沈达夫诗集》

太平乐府乱离人，破碎河山锦绣心。
我对贤者百期待，弥天风雨作龙吟。

明 月[①]（二首）

一

对吾饮者有明月，入吾室者有清风。
老夫行乐无穷尽，明月清风天下公。

二

八月梨枣香复香，九月菊花黄复黄。
痛心零落南来雁，不忍哀号过战场。

四十七年赴台东诗人大会（二首）

一

太武山头日丽，太平洋面云开。
我亦中兴鼓手，今年与会东台。

二

太武山中老树，太平洋里渔船。
伟大景色待写，他日再去花莲。

---

① 此诗作于1958年。作者到台湾后，时时怀念家乡，思念亲人。"月是故乡明，人是家乡亲。"感慨而赋此诗。

〔浣溪沙〕
寿张大千先生六十

上将于今数老张,飞扬世界不寻常;龙兴大海凤鸣冈。

作画真能为世重,题诗更是发天香;一池砚水太平洋。

补《岁寒三友图》遗字(二首)①

友人在摊购一《岁寒三友图》,乃经颐渊、陈树人、何香凝合作,而余题诗者,此十七年国民党四次会议时事也。诗曰:"紫金山上中山墓,扫墓来时岁已寒;万物昭苏雷启蛰,画图留作后人看。""松奇梅古竹潇洒,经酒陈诗廖哭声;润色江山一枝笔,无聊来写此时情。"诗中写时遗"时"字,小女想想携回,予为补书"时"字,并系之以诗。

一
三十余年补一字,完成题画岁寒诗。
于今回念寒三友,泉下经陈知不知?

二
破碎河山容再造,凋零师友记同游。
中山陵树年年老,扫墓于郎已白头。

---

① 此诗作于1958年,作者为《岁寒三友图》补诗题字,并增题上面这两首诗,经《人民日报》转载后,一时盛传海内外。林伯渠、何香凝、邵力子等纷纷步韵奉和。林老诗云:"不怕扫墓人白头,中山陵树绿悠悠。当年黄埔分明在,风雨同舟忆同游。"

四十七年生日诗（四首）

一

铭心金石友兼师，满目琳琅画与诗。
我是人间苦力者，艰难老树发新枝。

二

昔提一杖行天下，今对千秋发浩歌。
云灿月明时出现，太平洋上一头陀。

三

布衣四海一家愿，瓦屋三间二陆风。①
一梦今生成过去，永怀弟妹在心中。②

四

泪洒香江汲水门，几回望望欲招魂。③
当年轻负读书约，白首如何报旧恩。

---

① 二陆：指西晋文学家陆机、陆云兄弟。
② 作者自注：妹仲华。弟伯靖习陆军，参加民元义师。
③ 作者自注：幼时二伯父汉卿公招我往香港读书，此时二伯父寄寓汲水门。

赖恺元嘱题与其师陈石遗①翁合影

一晤苏州快有余,久钦海内得清誉。
谁知轻负看梅约,老学庵前论草书。

书钟槐树先生酬恩诗后

绮岁飞腾翰墨场,人间温暖总难忘。
垂垂白发悲游子,隐隐青山见故乡。
儒者精神三世大,诗人比兴万花香。
酬恩泪与百年祭,离乱南来更可伤。

南 山

南山云接北山云,变化无端昔至今。
为待雨来频怅望,欲寻诗去一沉吟。
百年岁月羞看剑,一代风雷荡此心。
莫把彩毫轻掷去,飞花和泪满衣襟。

---

① 陈石遗:即陈衍,字叔伊,号石遗,福建福州人,曾任京师大学堂、厦门大学文科教授,是晚清宋诗派的诗论家和诗人。

四十七年重九北投侨园[1]

年年置酒迎重九,今日黄花映白头。
海上无风又无雨,高吟容易见神州。

题梅乔林先生画竹兰,时先生八十七矣

年少曾传佐命功,白头修史亦英雄。
竹兰谱里寒之友,添个梅家九十翁。

题赠文富先生七言句

于最危难之地时,作最艰苦之奋斗。
以最坚定之信心,生最伟大之力量。

忆内子高仲林[2]

两戒河山一枝箫,凄风吹断咸阳桥。
白头夫妇白头泪,留待金婚第一宵。

---

[1] 作者自注:是日天晴。
[2] 作者自注:明年结婚六十年。编者按:高仲林,为作者夫人,陕西三原人。1949年,作者去台湾,其夫人、女儿于芝秀(于棔)仍留住西安市书院门52号,作者经常通过香港老友吴季玉,按期给夫人寄生活费。在垂暮之年,还乡心切,因赋此诗。

题张志奎为我摄影（二首）

一

逆风而走复盘旋，卷起长髯飞过肩。
一怒能安天下否？风云会合待何年。

二

骨相惊人事有无，江湖侠子万人呼。
镜中忽现虬髯影，惹得儿曹笑老夫。

雷 声

天地春多雨，山川夜起雷。
更寻花发处，采得杜鹃回。

望 雨

独立精神未有伤，天风吹动太平洋。
更来太武山头望，①雨湿神州望故乡。

---

① 太武山，在金门县东，自山麓至顶约 5 千米，山势雄伟，有太武岩、偃盖松、蟹眼泉诸胜。

四十八年生日诗

手开景运起神龙,此日还期再一逢。

万劫虫沙人道论,十年风雨自由钟。

曾修战史思名将,每念生民有病容。

愿力无穷寿无量,班生含笑作书傭。

石曾以张静江吴稚晖二老手卷嘱题内有钮惕老长跋①

张老开国有大功,文人艺事兼精通,飘泊西海穷而工。

吴老骨灰东海东,神木卓立风雨中,上下古今讲大同。

一代巨人两元老,于今天下思高风。

钮翁九十航长空,卷中题字美而雄,用配二老称三公。

初集老者高阳李,② 继题诗者于髯翁。③

---

① 吴稚晖:即吴敬恒,字稚晖,江苏武进人,国民党元老之一。钮惕老,即钮永建,字惕生,上海人,1958年定居美国纽约。

② 高阳李:即李石曾,名煜瀛,笔名石僧,直隶高阳(今属河北)人,早年赴法就学,加入同盟会,曾任北平大学校长,1973年在台北病逝。

③ 作者手迹修改。

世 态

世态已更千变,心源不受一尘。
创造新生时代,发挥固有精神。

题张清湘临《定武本兰亭序》①

逸少书名百世新,兰亭君似得其神。
褚欧能事今难论,莫费功夫作艺人。

赠马健弟弟

弟弟两岁余,作画美如此!
此之谓天才,全其天为是。
古今先知者,大在学而已。

---

① 兰亭序:又名《兰亭集序》,为东晋书法家王羲之书,被誉为"天下第一行书",石刻首推定武本,最为杰出。

思念内子高仲林

梦绕关西旧战场，迂回大队过咸阳；
白头夫妇白头泪，亲见阿婆作艳装。

题《杨笃生先生遗诗册》（五首）

民前，予亡命上海，发起《神州日报》，因赴日本调查报业组织，遇湖南杨笃生于东京，知为吾党健者，特约归主笔政，为中国放一异彩。及失火，报社人事亦有变迁，先生又苦心支持数月，始去英求学。年余，痛心中国革命潮流低落，弃学归国，思再鼓风潮，至利物浦投水死。不数月，黄花冈之役即起，其激动之力大矣。此诗公在英时所作，初寄余者约多一倍，为登《民立报》，惜原稿已失。来台闻先生之侄克林君，藏有先生遗墨，因函索之。数十年欲为先生作传，而卒未完（一半登《民立报》）；得此册，可以略见生平矣。人言吴樾所用之炸弹，先生为制造之一人。《神州日报》出版，世人谓之炸弹，乃知先生所造有更大者矣。

一

诗稿飘零待补遗，延期一载又何为？
不知几写寒灰传，[①]五十年来代以诗。

[①] 作者自注：予写《寒灰传》，久未成。寒灰乃先生笔名也。先生名守仁。寄黄克强先生作革命之用。

二

神州旧主哭神州,①君子东行何所求?

但望于思能革命,再来作弹震寰球。

三

神州霸业凭谁主?②痛哭前途两不知。③

犹记送君作豪语,君休惆怅赠君词。

四

思亲归路泣残阳,一水无情吊国殇。

万丈高潮不可抑,利物浦是黄花岗。

五

余金一部作军费,一寄长沙奉母亲。④

更有诗篇先寄我,曾登民立告国人。

---

① 作者自注:"神州旧主",作者笔名也。

② 作者自注:"神州霸业凭谁主?"予赠君诗句,旧填词以行文之便,用"霸业"二字,当时只作革命解。

③ 作者自注:指报馆与国事。

④ 寄黄克强先生作革命之用。此诗与书法作品有修改。

题梁又铭绘《姜太公像》①

放下渔竿伐不仁,兵家闲话事犹新。
当年牧野天人战,何用阴谋诏世人。

四十九年生日诗②

岁岁新增自寿诗,天留白首牧羊儿。
平生自命今如此,一代人歌古有之。

江 山

青青草色遍天涯,旷野白头有几家。
说到人情意如此,要知世贵种桑麻。

---

① 姜太公:名尚,字子牙,号飞熊,世称姜太公。
② 此诗见台版《右任墨存》,节录前四句。

遗 憾

遗憾江山作战场,十年回首更难忘。
中兴桥上凭栏立,闲看飞轮碾太阳。

问谁大队唱还乡

啮雪同志会成立十周年纪念词

天荆地棘路茫茫,大节南移作战场。
"复国"有期应再励,来台作誓讵能忘。
十年薪胆人将老,万里关河剑有霜。
白首天山正开朗,问谁大队唱还乡。

春游阳明山[①]

又是杜鹃花放时,名山如醉复如痴。
园林春满各争艳,寄语游人莫折枝。

赠岳军

人生七十方开始,时代精神一语传。
万岁中华今再造,期君同酹玉关前。

有 梦

墨子无黔突,孔子无暖席,
古之抱道者,天地为安宅。
旅游六十年,行役复行役。
诗写朔漠沙,手磨天山石。
西北与东南,足迹何所适。
怅望太平洋,穷老思奋翮。
百世至今日,莫扫往者迹。
夜夜梦中原,白首泪频滴。

---

① 阳明山:原名草山,抗日战争胜利后,为纪念王阳明先生而改名,位于台北市,距市区 16 千米。

怀念大陆①（二首）

一

巢空子母三春鸟，石烂鸳鸯七志斋。
谁引薰风周大地，生民多难费安排。

二

金马于今惊一世，河山何日得珠还。
十年种得蓬莱米，投入家山一泫然。

---

① 朱蕴山《纪事诗词选·寄语于右任83岁生日诗》注云："于右任流亡台湾……曾作绝句二首怀念大陆。"即指此诗。

玺书千个等一青河山河国珠
还十年经倒蓬莱来根人尘
似一沤轻

于右任印 五十寿寿诗

在张莼鸥先生书室观东大陆主人《言志录》

开国多贤豪,救世乃革命。
唐公起西南,治军世所敬。
袁氏乱天下,一隅问国政。
蔡李真天人,仗剑际其盛。
一旦举义旗,举国同欢庆。
我读言志录,堂堂复正正。
伟矣英雄人,天下仍歌咏。
伤哉老元戎,并世力难并。

太 华①

太华三峰亦自奇,人间灵秀欲无遗。
髯翁出入三峰下,不赠三峰一首诗。

记冒鹤老②胜利后来京事

劫后神京又一时,老人风趣使人思。
炎洲仙果惊初见,特爱留连赠以诗。

---

① 太华即华山,在陕西华阴市南,是我国著名的五岳之一。
② 冒鹤老:即冒广生,江苏如皋人,字鹤亭,号疚斋,曾任清政府刑部郎中,农工商部郎中,后以诗文著称于世。

党史展览中见《神州》《民呼》《民吁》《民立》四报[①]

泪落神州四报前,闺中珍重忆当年。
艰难定有成功日,劳苦应知可格天。
血泪文章原有价,英雄事业已无传。
凄凄一代须发白,六十余年见旧编。

梦中有作起而记之

老树青苍信有因,知君珍重岁寒身。
诗投沧海招亡命,泪落神州吊党人。
剪断云霾天欲曙,划开时代气方新。
昨宵梦入中原路,马首祥云照庶民。

不 寐

不寐盼天明,天明雨放晴。
江山须自造,指日见升平。

[①] 作者自注:"内子黄纫艾(作者的如夫人)存有神州四报全部,死时遗言送党部。"按末句亦作"老矣于郎见旧编。"

望大陆[1]（硬笔真迹）

（天明作此歌）

葬我于高山之上兮，望我故乡；

故乡不可见兮，永不能忘。

葬我于高山之上兮，望我大陆；

大陆不可见兮，只有痛哭。

天苍苍，野茫茫，

山之上，国有殇。

望大陆[2]（毛笔真迹）

葬我于高山之上兮，望我大陆。

大陆不可见兮，只有痛哭？

葬我于高山之上兮，望我故乡。

故乡不可见兮，永不能忘。

天苍苍，野茫茫，

山之上，有国殇？

---

① 标题是编者所加。诗的段落是照作者日记手迹而排列的。1962年初，作者病重，乃作此诗为遗言，并先后在日记上曾记有："我百年后，愿葬玉山或阿里山树多的高处，可以时望我大陆，我的故乡。"日记旁并有注："山要高者，树要大者"。"葬我于台北近处高山亦可，但是山要最高者"。其怀念大陆之深情，感人至深。玉山：位于台湾岛中央地带，是台湾第一高峰。阿里山，为玉山支脉，风景优美。

② 此为公布于媒体上的书法真迹诗。

鹅銮鼻晚眺（二首）

一

大浪淘顽石，
千年复万年。
太平洋上客，
醉倒在渔船。

二

大浪淘顽石，
自西复自东。
太平洋上酒，
醉倒几渔翁。

五十二年口号①

谭胡于李兔儿年,风起云扬不共天。
君等先行余有待,再挥血泪洗山川。

闻王叔陶游鹅銮鼻赠以诗并述其故事②

太平洋里螺纹石,赤足寻诗一老髯。
今日逢君有所赠,鹅鸾鼻下手亲拈。

无 题

开国几人在?老存诗几首。
境役神不疲,万象为吾友。
溪山皂帽殊,社稷戎衣有。
读罢卜居篇,清风入户牖。

---

① 于先生和谭延闿、胡汉民、李根源,皆生于光绪五年己卯(1879年),生肖皆属兔。先生写此诗时,误认为李根源已故去,当时李根源先生仍健在。李先生曾赋诗二首:"偕君革命正英年,誓倒清廷不共天。辛亥功高终未竟,人民继起壮山川""四人祝寿记当年,今剩麻髯迴隔天,曷不翻然归祖国,共挥椽笔写山川。"遥答于先生见怀之深意。谭延闿:湖南茶陵人。字组庵,号畏三。光绪进士,授翰林院编修,1927年后曾任国民政府主席,行政院院长等职。李根源:云南腾冲人。字雪生、印泉。曾任云南讲武学堂总办等职。1939年任"监察院"委员兼云贵监察使。1965年病逝于苏州。

② 作者自注:曾于四十四年(1955年)至鹅銮鼻,并亲至海边捡螺纹石多枚归以镇纸,间赠亲友。

中华艺苑七周年纪念并赠张社长

太武山前起瑞云,金门诗侣更精神。
江山百战惊天下,风雨高歌接古人。
此日书香成此社,当时花放正当春。
七年惨淡经营日,自爱西昆新又新。

寿公超六十[①]

叶公天下才,晚节知所守。
力能摧强敌,不能忘杯酒。
进则柴也愚,退亦寒之友。

---

① 作者自注:"对叶公超先生知之甚深,闻公超于得先生诗后,即颜其斋曰:'寒之友',则其对先生之追思,亦可知矣?"编者按:叶公超,名崇智,字公超,广东番禺人,从事教学与研究,先后在北京大学、北京师范大学任教,后弃学从政。

五十三年生日记幼时事（四首）

一

莽苍大野险如斯，持斧牛儿救我时。①
七十余年万里外，破窑梦寐一题诗。

二

我与田农记不真，荒坟脱险事犹新。
今生报德知何日？但祝苍苍佑善人。

三

偶忆当年工作友，老同事者有阿谁？
我生三遇劳工节，做炮孤儿念母时。

四

明晦之交颇有词，无知小子复何知？
邻翁巧说循环理，终此乾坤放晓时。

---

① 牛儿：为人名。于先生6岁时随童牧羊，不幸遇狼，邻人牛儿逐狼救之。

诗赠延涛[①]（二首）

一

芝兰之室绿芸芸，画里芝兰有泪痕。
自古画人分地理，一支大笔起中原。

二

梦里天山旧战场，百年雪耻在边疆。
早知一战安天下，悔不决心有主张。

〔浣溪沙〕
寿贯煜老八十所作

一水黄流两老人，论诗贤者最精神。
当代多能成百岁，河山并寿世无伦。
白头相映倍相亲，先生善自保青春。

[①] 刘延涛按语："此盖为先生绝笔之作，并亲书轴为赠；辑诗至此，泪随墨下矣。先生对延涛关注既殷，期望亦切。而暮年才尽，报恩无期，天道固如斯耶？噫！选吾欲何言，吾欲无言。"

园 陵

一点无云浸月明,园陵隐隐伤神京。
骨灰东海填难满,价值如何换太平。

无 题

入赞枢机出视师,又当征虏建军时。
十年负重人争毁,一战成功世始知。
忠亮自能邀眷顾,人材真许仗安危。
元戎奉寿群公祝,我亦持斛忝致词。

草山道中

相思炭用相思木煅者

天生相思树,人作相思炭。
寒时以生火,饥则用为爨。
温暖又相思,君子再三顽。

题幼刚老兄绘中山陵园图（三首）

一

叩石移山志不移，陵园计别十年期。
山中父老争南望，博爱坊前痛哭时。

二

紫金山前树耸围，紫金山下麂初肥。
葱葱佳气中山墓，风雨何人作誓归。

三

未能脱俗作高僧，不比亭林谒孝陵。
自有真诚安大陆，中山主义卜将兴。

〔中吕·醉春风〕
上海时两人醉在沪西同推江北小车

先生迷老酒，我有曲传神。
同醉沪西路，同推江北轮。
同遭家国难，同作乱离人。
破贼收功日，同看宇宙新。

题十六人同年画册寿册

同岁同心贤复贤,
白首为祝春风前。
故将小醉桃园边。
风云再起齐奋起。
亲射猛虎如当年。

杂 忆

同胞不同梦,同梦不同情。
十万横磨剑,讵能平不平。

作五先生

吾志所向,一往无前。
愈挫愈奋,再接再励。

为地图周刊八周年四百期纪念

盱衡天下事,临摩古今图。
八载辛勤意,守恒慎勿渝。

勉文女士

百战精诚动万方,金门马祖自生香。
伤亡无惧耕耘乐,半作农场半战场。

写字歌

起笔不停滞,
落笔不作势。
纯任自然。
自迅速,自轻快,自美丽。
吾有志焉而未逮。

为云南起义纪念日之作（二首）

一

射虎将军意气豪，荒村垣水已萧萧。
病中忧国无穷泪，代为灵均赋大招。

二

西南金鼓忆当年，樽酒重温一泫然。
再造神州犹未老，高歌倚剑问苍天。

敬之上将七十大寿

浩浩复肫肫，时贤莫比伦。
昔经北山下，道左一平民。
寿见降人祝，交因弟子亲。
中兴无老壮，乐道不忧贫。

无 题

耄期真健者,偕老祝金婚。
朝局经三嬗,人才萃一门。
情犹宗国恋,名并斗山尊。
饥溺平生志,同舟谊共敦。

赠汉卿先生

偶然携稚踏微波,临水春寒一倍多。
但使笔精如逸少,懒能书字换群鹅。

祝克温韩先生七十大庆

当年学剑期平虏,此日题诗泪满襟。
避贼应肩除贼任,得时莫忘济时心。
高原雨雪频回忆,祖国河山几被侵。
多难兴邦理有定,元戎岁岁作龙吟。

甲午重九沪尾山登高（三首）

一

海气重开作胜游，登高北望是神州。
亡人待旦遗民泣，百劫河山一战收。

二

沪尾山头百卉芳，国殇祠畔立斜阳。
黄花今日谁来赠，为祝诗人晚节香。

三

载酒寻诗兴倍高，每逢佳节自相邀。
天风吹动相思树，林外微闻唱大招。

题袁行廉夫人画

艳艳凤皇木,花开村路口。
士门喜可知,田为耕者有。
微雨复春风,请饮吾家酒。

无 题(二首)

一

谁立中兴第一功,江山百战待英雄。
王师北定中原日,望断诗人陆放翁。

二

诗句能生世界香,将军发兴不寻常。
雄师扫荡中原日,待化军歌入战场。

后 记

书稿修订讫，关于此书的编纂依例再缀数语。

此书是在《于右任诗词曲全集》的基础上修订出版的，书名《于右任诗词曲全集：典藏版》，意在说明收录的作品，较前有所增加，较前更为详备，可说是于右任先生诗词曲作的"集大成者"。

于右任先生是我的大爷（伯祖），是我仰之弥高的先辈。因为年龄和人所共知的原因，我未曾见过大爷一面，但是血浓于水的亲情，以及先生至今影响世人的人格魅力却时时激励着我要为大爷做些事情。整理出版大爷广泛传颂的诗词曲作，是我努力的一个目标。2004 年，在他逝世四十周年之际，我组织各相关部门，在北京举办过"纪念于右任先生著名爱国诗作《望大陆》发表四十周年暨于右任先生书法真迹展"，后又出版了《于右任书联集锦》。之后，我和一些同人即开始投入《于右任诗词曲全集》的编纂工作。先生声名如在，斯事颇得海内外诸贤能鼎力相助，书出数年，承蒙各方惠予肯定。在于右任先生逝世五十周年之时，为纪念这位备受世人尊崇的先辈，世界图书出版西安有限公司有意再版，对原书在体例、内容、注释以及排版诸方面均进一步完善。此次修订，霍松林先生、张应超先生、王民权先生皆提出宝贵的建议，此处一并敬致谢忱。

于右任先生学殖深厚，承古开新，以书法名世，又兼擅辞章，诗、词、曲诸体皆有创作且自成一格，这些诗作在海峡两岸及海外华人圈内均具广泛深巨之影响。这些诗作在坊间流传或结集行世的，有多种版本，之前编纂《于右任诗词曲全集》时，已有所参酌，此次《于右任诗词曲全集：典藏版》复广事搜集。所收篇什，文字率以先生原稿为准，原稿失存间有差异者，各本参酌以定是否，未便确定者，则随即在注释中注出；原作有标题的，仍保持不变，没标题的则依作品内容另行拟定；原作有序者，一仍其旧；原作有注者，亦以"作者自注"

标出，以与编者所注有所区别。同《于右任诗词曲全集》一样，全书仍然不分体裁，统依年代顺序编排。年代不详者，以发表时间为准；各版本年代歧出者，考订后归入相应的年份；组诗而各诗年代有异者，以最晚者年代系之，使其有所归属。此外，作品存有墨迹者，亦尽量搜集并与之接排，于增其信实的同时，复见岁月之沧桑，使读者于披览先生诗词曲作之际，又有机会得睹其作品之原貌，欣赏到先生各个时期精美的书法艺术，更多一重收获。这也是该书与2006年版《于右任诗词曲全集》既相同又不同，迥异于其他各版本的一个地方。

时势造英雄，英雄之作为又适为时势的注脚。于右任先生是时代的产儿，又是那个特定时代的一张名片，其一生的经历本身就是一部内涵宏深、读之不尽的大书。相较于于右任先生书法研究的现状，对其诗词曲作的研究尚有较大的空间。此书虽因修订而名《于右任诗词曲全集：典藏版》，但鉴于自身学养水平，书内诸般瑕疵，想来仍复不少，敬请读者诸君不吝赐教。如其出版能推动先生诗词曲作之研究于一二，则苍天不负，于愿足矣。

谨以此书献给仙逝五十周年的于右任先生！

于媛

2014年10月